큰 글
한국문학선집

이상 단편선

날개

목 차

12월 12일

이때나저때나박행(薄幸)에우는내가 십유여년전그해도 저물려는어느날 지향도없이고향을등지고 떠나가랴할때에 과거의나의파란많은생활에도 적지않은인연을가지고있는죽마의구우M군이나를보내려먼곳까지쫓아나와 갈님을아끼는정으로나의손을붙들고

「세상이라는것은 우리가생각하는것과같은 것은아니라네」

하며처참한낯빛으로 나에게말하던 그때의그말을나는오늘까지도기억하여새롭거니와 과연그후의나는M군의그말과같이 내가생각든바그러한것과같은세상은 어느한모도찾아낼수는없이 모두가돌연적이었고

모두가우연적이었고 모두가숙명적일뿐이었었다.

「저들은어찌하여 나의생각하는바를 이해하여주지아니할까나는이렇게생각해야 옳다하는것인데 어찌하여저들은 저렇게생각해야 옳다하는것일까」

이러한어리석은생각은하여볼겨를도없이

「세상이란그런것이야 네가생각하는바와다른것때로는정반대되는것 그것이세상이라는것이야!」

이러한결정적해답이 오직질풍신뢰(疾風迅雷)[1]적으로 나의아무청산(淸算)도주관도없는사랑을 일약점령하여버리고말았다 그후에나는

네가세상에 그어떠한것을알고자할때에 우선네가먼저

「그것에대하여생각하여보아라 그런다음에 너는그첫번해답의대칭점을구한다면 그것은최후의그것의정확한해답일것이니」

하는이러한참혹한비결까지 얻어놓았었다 예상못한세상에서부질없이살아가는동안에 어느덧 나라는

1) 질풍신뢰: '심한 바람과 번개'의 뜻으로, '빠르고 심하게 변하는 상태'를 이름.

사람은 구태여이대칭점을구하지아니하고도 쉽사리 세상일을대할수있는가련한『비틀어진』인간성의사람이되고말았다 그리하여 인간을바라볼때에 일상에 그 이면을보고 그럼으로말미암아『기쁨』도『슬픔』도『웃음』도『광명』도 이러한모든 인간으로서의당연히가져야할감정의권위를초월한 그야말로아무자극도감격도없는 영점(零點)에가까운 인간으로화하고말았다 오직내가 나의고향을떠난뒤 오늘날까지 십유여년간의방랑생활에서 얻은바 그무엇이 있다하면『불행한운명가운데서난사람은 끝끝내 불행한 운명가운데서울어야만한다 그가운데에약간의변화쯤있다하더라도속지말라 그것은다만그『불행한운명』의굴곡에지나지않는것이다』

이러한어그러진 결론하나가있을따름이겠다 이것은지나간 나의반생의전부요 총결산이다 이 하잘것없는짧은한편은 이 어그러진인간법칙을『그』라는 인격에부쳐서 재차의방랑생활에흐르려는 나의참담을 극한 과거의공개장으로하려는 것이다.

『一』

통절한자극 심각한인상 그것은사람의성격까지도 변화시킨다 평범한환경 단조한생활 긴장없는전개 가운데에 살아가는사람으로서는 도저히 그의성격까지의변경을보기는어려울것이다 어느때무슨종류의일이고 참으로아픈자극과참으로깊은인상을거쳐서야 비로소 그사람의성격위에까지의결정적변화를 찾아볼수있을것이다 이제 지금으로부터지나간 이삼년동안에 그를만나보지못한사람은누구나다『그』의성격의어느곳인지 집어내이지못할변화를인식할것이다 이러한변화에따라 그의용모와표정 어조까지 차라리슬퍼할만한변화를 또한누구나다－놀라움과의아(疑訝)를가지고대하지아니할수없을것이다.

『저사람 저사람의그동안생활에 저사람의성격을 저만치변화시킬만한무슨큰자극과깊은인상이 있었던것이겠지 무엇일까』

그러나 이와같은 의아는도리어 그의그동안의생활에도 그의성격을오늘의그것으로변화시키게까지한

그러한아픈자극과깊은인상이 있었다는것을더잘이야기하는외에 아무것도아닌것이겠다.

『二』

세대와풍정은 나날이변한다 그러나그변화는 그들을점점더살수없는가운데서 그들의존재를발견할수밖에없도록 하는변화에지나지아니하였다 이첫번희생으로는 그의아내가산후(産後)의발병으로 세상을떠나고만것이었다 나이많은 (많다하여도사십이좀지난) 어머니를위로모시고어미잃은젖먹이를품안에끼고 그날그날의밥을구하여 어두운거리를헤매이는그의인간고야말로 참담그것이었다.

「죽어라죽어 차라리죽어라 나의이힘없는발길에거치적대지를말아라 피곤한이다리를위하여 평탄한길을내어다오」

그의풀느입술이떨리는 이러한무서운부르짖음이채-그의입술을떨어지기도전에 안타까운몇날의호흡을계속하여오던 그젖먹이마저 놓였던자리도없이 죽은어미의뒤를따라갔다 M군과그 그리애총(兒塚) 메이는사람이세사람이돌림돌림 얼어붙은땅을땀을 흘리어가며파서 그조그마한시체를묻어준다음에M 군과그는 저문서울의거리를걷는두사람이되었다.

「M군 나는이제나의지게의한편짝짐을내려놓았어 나는아무래도여기서 이대로는살아갈수없으니 죽으나사나 고향을한번뛰어나가볼테야」

「그야……그러나 늙으신자네의 어머니를남의땅에서고생시킨다면 차라리더아픈일이아니겠나」

「그러나 나는불효한자식이라는것을면치못한지 벌써오래니깐」

드물게볼만치 그의눈이 깊숙히숨벅이고 축축히번쩍이는것이 그의굳은결심의빛을 여지없이말하고있는것도같았다.

T씨(T씨는그와의(義)는좋지못하다할망정 그래도 그에게는단하나밖에없는친아우였다) 어렵기짝이없는그들의살림이면서도 이단둘밖에없는형제가 딴집살림을하고있는것도그들의 의가좋지못한까닭이었

으나 그러나 그가이크나큰결심을의논하려함에는 그는 그 T氏의집으로달려가지아니하면아니되었다.

「네나내나 여기서는살수없으니 우리죽을셈치고 한번뛰어나가벌어보자」

「형님은처자도없고한몸이니까 그렇게고향을뛰어나가시기가 어렵지않으시리다만 나만해도철없는처가있고 코흘리는저 『업』(T씨의아들)이있지않소 자저것들을데리고 여기서살재도고생이자심(滋甚)한데 낯선남의땅에 가서그남못할고생을어떻게하며 저것들은다무슨죄란말이오 가려거든 형님혼자나가시오 나는갈수없으니」

일상에어머니를모신형 그가가까이있어서 가뜩이나살기어려운데 가끔어머니를구실(口實)로 그에게 뜯기워가며사는것을 몹시도 괴로이여기던T씨는 내심으로그가어서어머니를모시고어데로든지 멀리보이지않는곳으로가기를 바라고 기다렸던것이었다 그가홧김에

「어머니 큰아들밥만밥입니까 작은아들밥도밥이지요 큰아듦나그렇게바라지마시고 작은아들네밥도가

끔가서 열흘이고보름이고 좀얻어잡숫다오시구려」

이러한그의말이 비록그의홧김이나술김의말이라고는하나 그러나 일상에가난에허덕이는자식들을바라볼때에 불안스럽고 면구스러운마음을이기지못하는 늙은그들의어머니는 작은아들T씨가싫어할줄을번연히알면서도 또작은아들역시큰아들보다조금도나을것없이 가난한줄까지번연히모르는것도아니었으나 그래도 큰아들가엾은생각에 하루이고 이틀이고 T씨의집으로얻어먹으로터덜거리고갔었다 또 그외에도 즉어머니생일날같은때

「너도어머니의자식 나도어머니의자식 네나내나어머니의자식되기는일반인데 내가큰아들이래서 내혼자서만 물라는법이있니 그러니너도반만물생각해라」

그럴때마다 반이고삼분의일이고 T씨는할수없거나있거나 싫은것을억지로부담하여왔었다 이와같은것들이다…T씨가 그의가까이있는것을 그다지좋아하지아니하는까닭이었다.

「그럼T야 너어머니를맡아라 나는일년이고 이태이고 돈을벌어가지고 돌아올터이니 그러면그때에

는……」

「에－다싫소 돈벌어가지고오는것도아무것도다싫고 내가어머니가당했소 그런어수룩한소리 하지도마시오 더군다나생각해보시오 형님은지금처자도다없는단한몸에 늙으신어머님한분을무엇을그러신단말이오 나는처자들이우물우물하는데 게다가또어머니까지어떻게맡는단말이오 형님이어머니를모시고다니시면서 고생을시키든지락을뵈우든지그건내가알바아니니깐 어머니를나한테 떠맡기고갈생각은꿈에도마시오」

이렇게 T는그의면전에서 한번에휙－뱉어버리고 말았다.

어머니를 그자식들이서로떠미는이불효 어머니모시기를싫어하는이불효 이것도 오죽그들을어찌할수도없이 비끌어매이고있는 적빈(赤貧)그것이 그들로하여금차마 저지르게한 조그마한죄악일것이다.

그후며칠동안 그는그의길들였던 세대도구(世帶道具) 를다팔아가지고 몇푼의로비(路費)를만들어서 정든고향을길이등지려는가련한몸이되었다 비록그다지의는좋지못하였다고는하나 그러나그러한형 그와의불의도 다－적빈그것땜누이었던그의아우T는 생사를가운데놓은마지막이별을맞으며 눈물흘려서러워하는사람도 오직이T하나가있을따름이었다.

「어머니 형님 언제나또뵈오리이까」

「잘있거라 잘있거라」

목메인그들의차마보지못할비극 기차는가고 T씨는돌아오고 한밤중경성역두에는 이러한눈물의이별극이 자족도없이있었다.

죽마의친구M군이학창(學窓)의여가를타서 부산부두까지따라와서 마음으로의섭섭함으로써 그들모자를보내어주었다 새벽바람찬부두에서 갈님을아끼는 친구와친구는손을마주잡고

「언제나또만날까 또만날수있을까 세상이라는것은우리가생각하는바 그러한것은아니라네 부디몸조심 부모효도잊지말아주게」

「잘있게 이렇게먼데까지나와주니 참 고맙기끝없네 자네의지금한말 언제라도잊지아니할것일세 때때로생사를알리는 한조각소식부치기를잊지말아주

게 자—그러면」

새벽안개자욱한속을뚫고 검푸른물을헤치며 친구를싣고떠나가는 연락선의뒷모양을 어느때까지나하염없이바라보아도 자취도남기지않은그때가 즉그해도저물려는십이월십이일이른새벽이었다.

그후그의소식을 직접들을수있는고향의사람에는 오직M군이라는 그의친구가있을따름이었다 그가처음의한두번을제하고는 T씨에게직접편지하지아니한것과같이 T씨도청므의한두번을제하고는 그에게편지하지아니하였다.

오직그들형제는 그도M군을사이로하여 T씨의소식을얻어알고 T씨도 M군을사이로하여 그의생사를알수있는흐릿한상태가 길이계속되어왔던것이다.

M에게보내는편지(一信)

M군 추운데그렇게먼곳까지나와서 어머니와나를보내주려고 자네의정성을다하였으니 그고마운말을무엇으로다하겠나 이 나의충정의만분의일이라도 이글발에부쳐보려할뿐일세 생전에처음고향을떠난 이몸의몸과

마음의더없는괴로움 또한어찌이루다말하겠나 다만나의건강이조금도축나지아니한것만 다시없는요행으로알고있을따름일세 그러나처음으로식긴동안의여행으로말미암아 어머님께서는건강을퍽해하셔서 지금은일어앉으시지도못하시고 누워계시네 이렇게도몸의아픔과괴로움을맛보시면서도 나에게대하여는 도리여미안하다는듯이 이렇다는말씀한마디아니하시니 이럴때마다이자식의불효를생각하고 스스로하늘을우러럴한숨지며이가슴이찢어지는것과같은아픔을맛보는것일세 자네가말한바와같이역시 세상은우리들이생각한바와는 몹시도다른것인모양이야 오나가나 나에게대하여서는 저주스러운것들뿐이요 차니찬것들뿐일세그려!

× × ×

이곳에는조선사람으로만 조직되어있는조합이있어서처음도항(渡航)하여오는사람들을위하여 직업거주(居住)등절을소개도하며 돌보아도주며 여러가지로편의를도모하기에 진력하고있는것일세 나의지금있는곳은 신호시(神戶市)에서 한일리쯤떨어져있는 산지(山地)에가까운곳인데 이곳에는수없는 조선사람의노동자가 보금자리를치고있는것일세 이산비탈에일면으로 움들을파고는 그속에서먹고자고울고웃고 씻고빨래하고바느질하고 하면서복작 복작오물거리며살아가는것일세 빨아널은흰옷자락이 바람에날리는것이나 다홍저고리와연두치마입은어린아이들이오고가며뛰노는것이나 고향땅을멀리떠난이곳일세만 그래도우리끼리모여사는것같아서그리쓸쓸하거나 낯설지는않은듯해!

× × ×

나는 아직움을파지는못하였네 헐어빠진함석철판몇장과화재터에못쓸재목몇토막을 아까운돈의몇푼을들여서사다가놓기는하였네마는 처음당해보는긴여행끝에 몸도피곤하고날도요즈음좀춥고 또그날그날먹을벌이를하노라고 시내로들어가지아니하면아니될몸이라 어떻게그렇게 내가들어있을움집이라고 쉽사리팔사이가있겠나 병드신어머님을모시고서 동포라고는하지만 낯선남의집에서 폐를끼치고있는생각을하며 어서어서 하루라도바삐 움집이나마 파서짓고들어야할터인데 모든것이다-걱정거리뿐일세 직업이래야별로이렇다하는직업이있을까닭이없네 더욱 요즈음은겨울날이라 숙련된기술

노동자외에 그야말로함부로그날그날을벌어먹고사는 막벌이꾼노동자는 할일이아무것도없는것일세 더욱이 나는아직이곳사정도모르고해서 당분간은고향에서 세간기명(世間器皿)을팔아가지고 노자쓰고나머지얼마안 되는돈을 살이나뼈를긁어먹는셈으로 갉아먹어가며있을수밖에없네 그러나이곳은고향과는그래도좀달라서 아주하루에한푼도못벌어서 눈뜨고뻔히굶고앉았거나 그렇지는않은셈이어.

× × ×

이불과옷을모두팔아먹고와서 첫째로도무지추워서살수없네 더군다나병드신늙은어머님을생각하면 어서하루라도바삐돈을변통하여서 덮을것과입을것을장만하여야만할터인데 그역시걱정거리에하나일세.

× × ×

아직도여행기분이 확-풀리지아니하여 들뜬마음을진정식히지못하였으니 우선이만한통지비슷한데 그치거니와벌써부터이렇게고향이그리워서야 어떻게앞으로길고긴날을살아갈는지 의문일세 이곳사람들은 이제처음이니까그렇지 조금지나가면차차관계치않다고하데마는 요즈음은밤이나 낮이나 눈만감으면 고향꿈이꾸어져서 도무지괴로워살수없네그려 아-과연 운명은나의앞길에 어떠한장난을늘어놓을는지모르겠네마는 모두를바람과물결에맡길작정일세 직업도얻고 어머니의병환도얼른나으시게하고또 움집이라도하나마련하여 이국의생활 이나나 조금안정이된다음에 서서히모든것을 또 알려드리겠네 나도늙은어머니와특히건강을주의하겠거니와 저네도아무쪼록 몸을귀중히생각하여 언제까지라도튼튼한일꾼으로의 자네가되어주기를바라네 떠난지며칠못되는오늘어찌다시금만난날을기필(期必) 할수야 있겠나마는 운명이전연 우리두사람을버리지않는다면 이후또다시반가이만날날이없지도않겠지! 한번더자네의끊임없는건강을빌며 또자네의사랑에넘치는글을기다리며…친구×로부터…

M에게보내는편지(二信)

M군! 하늘을꾸짖고땅을눈흘긴들 무슨소용이있겠나 M군M군! 어머니는돌아가시었네 세상에나오신지 오십년에 밝은날하루르로시지못하시고 이렇다하는 불평의

말씀한마디도못하여보시고 그대로이역(異域)의 차디찬 흙속에길이잠드시고말았네 불효한이자식을원망하시며 쓰라렸던이세상을저주하시며 어머님의외롭고불쌍한영혼은 얼마나 이 이역하늘에수없이방황하실것인가 주금! 과연죽음이라는것이무엇이겠나 사람들은얼마나 그 죽음을무서워하며 얼마나어렵게알고있나 그러나 그무서운죽음 그어려운죽음이라는것이 마침내는 그렇게도 우습고 그렇게도하잘것없이쉬운것이더란말인가 나는 이제 그일상에두려워하고 어렵게여기던죽음이라는것이 사람이나기보다도 사람이살아가기보다도 그어느것보다 가장하잘것없고 가장우스꽝스러운것이라는것을 잘알았네 오십년동안 기구한목숨을이어오시던어머님이 하루아침에 그야말로풀잎에맺혔던이 이슬과같이사라지고마시는것을보니 인생이라는것이 그다지도 허무하더라는것을 느낄대로느꼈네.

M군! 살기을찾아서 고향을등지고 형제를떨치고 친구를버리고 이곳으로더듬거려흘러온나는 지금에한분밖에아니계시던 어머님을잃었네그려! 내가지금운명의 끊임없는 장난을저주하면무엇을하며 나의불효를스스

로뉘우치며한탄한들무엇을하며 무상한인세에향하여 소리지르며 외친들 그또한무엇하겠나! 사는것도죽는것도 모두가허무일세 우주에는 오직 이 허무외에는 아무것도없는것일세.

× × ×

한분어머니를마저잃었으니 지금에나는문자대로 아주 홀몸이되고말았네 이제내가어디를간들 무엇내몸을빗글어매이는것이있겠으며 나의걸어가는길위에 무엇걸리적대일것이있겠나? 나는일로부터 그날을위한그날의 생활 이러한생활을하여가려고하는것일세 왜? 인생에게는 다음순간이어찌될지도모르는 오직눈앞의 허무스러운찰나 가있을따름일터이니깐!

× × ×

나는지금에한사람의훌륭한숙련 직공일세 사회에처하여 당당한유직자(有職者) 일세 고향에있을때조금배워둔도포업(塗布業)이 이곳에와서 끊어져가던나의목숨을 이어주네 써먹을줄어찌알았겠나 지금 나는××조선소 건구도공부(建具塗工部)에 목주을매이고있네 급료말인가 하루에 일원오십전 한달에사십오원 이한몸뚱이가먹고살기에는 너무나많은돈이아니겠나 나는남는돈을저금이라도하여보랴하였으나 인생은허무인데 그것무엇그럴필요가있나 언제죽을지아는이몸이라고 아주바로저금을다하고 그것다내게는주제넘은일일세 나의주린창자를이채고 남는돈의전부를 술과그리고도박으로 소비해버리고마는것일세 얻어도술! 잃어도술! 지금의나의생활 이술과도박이없다할진댄 그야말로전혀제로에가깝다고해도과언이아니겠네.

× × ×

고향에도봄이왔겠지 아! 고향의봄이한없이그리우네그려! 골목골목이『앵도저리버찌』[2]장사다니고 개천가에달래장사헤매이는 고향의봄이그립기한이없네그려초저녁병문[3]에 창자를끊는듯한 처량한날나리소리 잿빛하늘에떠도는고향의봄이 더욱한없이그리워 산설고물설은이땅에도봄은찾아와서 지금내가 몸을의지하고있는 이웃집들 다닥다닥붙은산비탈도 엷은양광(陽光)에씻기워가며 종달새노래에 기지개펴고있는것일세 이

2) 앵도저리버찌: 앵두, 자두, 버찌.
3) 병문: 골목 어귀의 길가.

때에 나는유쾌하게일하고있는것일세 이세상을괴롭게 구는봄이 밖에왔건마는 그것은 나와는아무관계가없다 는듯이 소리높이목청놓아 노래부르며떠들며 어머님근 심도 집의근심 도 또고향근심도 아무것도없이유쾌하게 일하고있는것일세.

× × ×

어머님이돌아가시던 그움집은 나의눈으로는 보기도 싫었네 그리하여 나는새로이건너온사람에게 그움집을 넘기고 그곳에서좀뚝떨어져서 새로이움집을하나또지 었네 그러나그새움집속에서는누구라 나의돌아오기를 기다리고있겠나 참으로아무도없는것일세 나는일터에 서나오는대로 밤이깊도록 그대로시가지를정신없이헤 매이다가 그야말로 잠을자기위하여 그움집을찾아들고 찾 아들고하는것일세그러나내가거리한모퉁이나 공원「벤치 」위에서 밤새운것도 한두번이아닌것은말할것도없네.

자네는 지금의나의찰나적으로타락된생활을 매도(罵倒)할는지도모르겠네 그러나설사자네가나를욕하고꾸 지람을한다하더라도 어찌할수없는일일세지금나의심정 의참깊은속을살펴알사람은 오직나를제하고 아무도없는것이니깐 원컨대 자네는너무나 나를책망힐타만말고서 이-나의기막힌심정의참깊은속을 조금이라도살피어주기를바라네.

× × ×

어머님이 돌아가신지도 벌써두주일이넘었네그려 그즉시로자네에게 이비참한소식을전하여주려고도하였으나 자네역시짐작할일이겠지마는 도무지착란(錯亂) 된나의머리와손끝으로는 도저히한자를그릴수가없었네 그래서이렇게늦은것도늦은것이겠으나 아직도나의 그극도로착란되었던머리는 완전히진정되지못하였네 요사이나의생활현상같아서야 사람이사는것이무슨의의(意義)가있는것이겠으며 또사람이살아야만하겠다는것도 무슨까닭인지 도무지알수가없네 오직모든것이 우습게만보이고하잘것없이만보이고 가치없어만보이고 순간에서순간으로옮기는데에만 무엇이고있다는의의 가조금이라도있는것인듯하기만하네 나의요즈음생활은 나로서도 양심의가책을전연받지않는것도아닐세 그러나 지금의나의어두워진가슴에 한줄기조그마한빛깔이라도 돌아올때까지는 이러한생활을계속하지아니하면

아니되겠네 설사이 당분간이라는것이 나의눈을감는전(前) 순간까지를 가르치는것이된다하더라도…….

× × ×

어머님의돌아가심에대하여는 물론영양부족으로말미암은몸의극도의쇠약과 도(度)에넘치는기한(飢寒)이 그대부분의원인이겠으나 그러나 그직접적인원인은 생전못하여보시던 장시간의여행끝에 극도로몸과마음의흥분과피로를가져온데다가 토질(土質)이다른물과밥으로말미암은 일종의토질(土疾) 비슷한병에 걸리신데있는것이라고생각하네 평소에그다지 뛰어난건강을가지셨다고는할수없었으나 별로잔병치레를하지도아니하며계시던어머님이 이번에이렇게한번에 힘없이쓰러지실줄은 참으로꿈밖에도생각못하였든바이야 돌아가실때에도 역시아무말도아니하시고 오직자식낳아길러서 남같이호강은못시키나마 뼈마디가빠지도록고생시킨것이다시없이미안하고 한이된다는말씀과 T를못보시며 돌아가시는것이 또한가지섭섭한일이라는말씀 자네의후정(厚情)을감사하시는말씀을하실따름이었었네 그리고는그다지몸의고민도없이 고요히잠들듯이눈을감으시데

참허무한그러나생각하면 우선눈물이앞을가리는 어머니의임종이었네 어머님의그말들은 아직도그부처님같은어머니를고생시킨 이불효의자식의가슴을에이는것같으며 내일생 내가눈감을순간까지어찌그때그말씀을 나의기억에서사라질수가있겠나!

× × ×

나는이로부터 자유로이세상을구경하며 그날그날을유쾌하게살아려고하는것일세 나의장래를생각하렪도 불쌍히돌아가신어머님을생각할것도 다없다고생각하네 왜? 그것은차라리 나의못박힌가슴에 더없는고통을가져오는것이니깐! 마음가라앉는대로 일간또자세한말 그리운말적어보내겠거니와 T는지금에 어머님세상떠나가신것도모르고그대로－적빈(赤貧) 속에쪼들리어가며허덕이겠지?! 또한생각하면가슴이아프기한이없네 T에게는 곧 내가직접알려줄것이니 어머님의세상떠나신데대하여는 자네는아무말도하지말아주게 자네의정에넘치는글을기다리고 아울러자네의더없는건강을빌며……. 친구×로부터

M에게보내는편지(三信)

M군! 내가자네를그리어 한없이적조(積阻)[4]한날을보내는거와같이 자네도또한나를그리어 얼마나적조한날을보냈나? 언제나나는자네의끊임없는건강을알리우고 자네는나의또한끊임없는건강을알리울수있는것이 오직 우리두사람의다시도없는기쁨이아니겠나.

내가신호를떠나 이곳명고옥(名古屋)으로흘러온지도 벌써반년! 아－고향땅을떠난지도벌써꿈결같은삼년이 지나갔네그려 그동안에나는무엇을하였나 오직나의청춘의몸닳는삼년이속절없이졸아들었을따름일세그려! 신호××조선소시대의나의생활은 그가운데비록한분어머니를잃은설움이있었다고는하나 그러나 가만히생각하여본다면 그것은참으로평온무사한 안일한생활이었었네 악마와같은이세상에 임의도전 한지오래인 나로서는 이평온무사한 안일한 직선생활(直線生活)이싫증이났네 나는널리흐트러져있는 이살벌 의항(港) 이 고루고루 보고싶어졌네 그리하여그곳에서사귄그곳친구한사람과

4) 적조: 오랫동안 소식이 막힘.

함께 이곳명고옥으로 뛰어온것일세 두사람은처음에 이곳어느식당 「보이」가되었었네.

세상의허무라는 이불후(不朽)의법칙은 적용되지아니하는곳이없데 얼마전 그의공휴일에 일상에사냥(獵)을 즐기는그는 그의친구와함께 이곳에서퍽멀리떨어져있는 어느산촌으로 총을메고떠나갔네 그러나 그날오후에 그는그의친구의그릇으로 그친구는탄환에맞아 산중에서무참히죽고말았네 그친구는겁결에 고만어디로도망하였으나 얼마되지아니하여잡히었다고하데 일상에쾌활하고개방적이고 양기(陽氣)에넘치던그를생각하며 더시한번더 세상의허무를느낀것일세 그와나의사귐의동안이 비록며칠되지는아니하였으나 퍽－마음과뜻의상통됨을볼수있던 그를잃은나는 그래도그곳을휙－떠나지못하고 지금은그식당「헤드쿡」[5]이되어가지고있으면서 늘－그를생각하며 어떤때에는 이신변이약간의공허까지도느낄적이다있네.

×　　×　　×

5) 헤드쿡(head cook): 주방장.

나의지금목줄을메이고있는식당은 이름이야먹을식자식당일세마는 그것을먹기위한식당이아니라 놀기를위한식당일세 이안에는피아노가놓여있고 라디오가있고 축음기가몇개씩이나있네 뿐만아니라 어여쁜여자가 이십여명이나있으니 이곳청등(靑燈) 그늘을찾아드는 버러지의무리들은 『망핫탕』[6]과 『화잇트홀스』에신경을마비시켜가지고 란조(亂調)의 『재즈』에취하며 육향분복(肉香芬馥)한소녀들의붉은입술을 보려고모여드는것일세 음란을극한노래와 광대에가까운춤으로 어우러지고 무르녹아서 그날밤그날밤이새가는것일세 이버러지들은사회전반의계급을망라하였으니 직업이없는부랑아·「샐러리맨」·학생·노동자·신문기자·배우·취한(醉漢)그러한여러가지계급의그들이나 그러나촉감의향락을구하며 염가의헛된사랑을구하러오는데에는 다한결같이 일치하여버리고마는것일세.

나는밤마다 이버러지들의목을축이기위한 신경을마비시키기위한 비료(肥料) 거리와마취제를요리하기에 여

6) 망핫탕: 맨해튼(Manhattan).

념이없는것일세 나는밤새도록 이－어지러운소음 을 귓가에해지도록듣고있는것일세 더없는황홀과흥분과피로를느끼면서 나의육체를노예화시키어서 그들에게예공(禮供)하고있는것일세 그피로 와긴장 도지금에와서는 다－어느덧면역 이되고말았네마는!

× × ×

나는몇번이나 나도놀랄만치 코웃음쳤는지모르겠네나! 오늘까지나역시 그날의근육을판 그날의주머니를 술과도박에털고터는 생활을계속하여오던나로서 그버러지들을향하여 그소음을향하여 코웃음쳤다는말일세 내가시퍼런칼을들고 나의손을분주히놀릴때에 그들의 떠들고날치는것이어떻게 그리우습게보이는지몰랐네.

「무엇하려저들은일부러 술로모을피로시키며 밤샘으로정력을감퇴시키기를즐겨할까 무엇하려저들의『포켓트』를 일부러털어바치러올까」

이것은전면나에게대하여수수께끼였네 한편으로는 그들이 어린애같이보이고 철없어보이고 불쌍한생각까지 들어서.

「내가왜술을먹었던가 내가왜도박을했던가 내가왜일

부러나의「포켓트」를털어바쳤었던가」

이렇게지나간 이태남짓한 나의생활에대하여의심도하며 스스로꾸짖으며부끄러워도하여보았네

「이제야내마음이 아마바른길로들었나보다」이렇게생각하여보았으나

「술을먹지말아야지 도박을그만두어야지 돈을모아야지 이것이옳을까－그러나 돈은모아서무엇하랴 무엇에쓰며 누구를주랴 또누구를주면무엇하랴」

이러한생각이아직도 나의머리에생각되어 밤마다모여드는그버러지들을 나는한없이비웃으면서도 그래도나는아직그타락적 찰나적생활기분이남아있는지 인생에대한허무와저주를아니느낄수는없네 그러나이것이나의소생(蘇生)의길일는지도모르겠으나 때로나의과거생활의 그릇됨을느낄적도있으며 생에대한참된의의(意義)를조금씩이라도알아지는것도같으니 이것이나의마음과사상의점점약하여가는징조나아닌가하여 섭섭히생각될적도없지않으나 하여간최근나의내적생활현상(內的生活現像)은 확실히 과도기를걷고있는것같으니 이때에아무쪼록 자네의나를위한마음으로의교시(敎示)와 주저(躊躇)

없는편달(鞭撻)을바라고기다릴뿐일세 이렇게심리상태의 정곡(正鵠)을잃은나는 요사이무한히번민하고있는것이니깐! ……

× × ×

직업이직업이라 밤을낮으로바꾸는생활이 처음에는 꽤-괴로운것이었으나 지금와서는 그것도면역이되어서 공휴일같은날 일찍드러누으면 도로잠이얼른오지아니하는형편일세 그러나물론이러한생활이건강상에 좋지못할것은명백한일이니 나로써 나의몸의변화를인식하기는좀어려우나 일상에창백한얼굴빛을가지고있는 그소녀들이 퍽불쌍하여보이네.

그러나 또한편밤잠은못잘망정 지금의나는한사람의훌륭한 『쿡』으로서 누구에게도손색이없는것일세 부질없는목구멍을이어나가기에 나는두가지의 획식술(獲食術)을배웠구나하는생각을하면 이몸이한없이애처럽기도하네! 『쿡』이니만큼 먹기는누구보다도잘먹으며 또이시강안에서는 그래당당한세력을가지고있는것일세 내가몹시쌀쌀한사람이라그런지 여급들도 그리나를사귀려고도아니하나 들은즉그들가운데에도 퍽고생도많이하고

기구한운명에 쫓기어온불쌍한사람도많은모양이야.

× × ×

이『쿡』생활이언제까지나계속되겠으며 또이『명고옥』에언제까지나있을지는 나로서도 기필할수없거니와 아직은이『쿡』생활을그만둘생각도 명고옥을떠날계획도아무것도없네 오직운명이가져올 다음의장난은무엇인지기다리고있을따름일세 처음신호에닿았을때 그곳누구인가가말한것과같이 날이가고달이감녀 차차관계치않으리라하더니 참으로요사이는고향도 형제도 친구도 다잊었는지 별로이꿈도안꾸어지네 오직자네를그리워하는외에는 그저아무나만나는대로 허허웃고사는요사이의나의생활은 그다지나로하여금적막과고독을느끼게하지도않네 차라리다행으로여길까?

이곳은그다지춥지는않으나 고향은무던히추우렸다 T는요사이어찌나살아가며 업이가그렇게재주가있어서공부를잘한다니 T집안을위해서나널리조선을위해서나 또한기뻐할일이아니겠나 자네의나를생각하여주는뜨거운글을기다리고 아울러자네의건강을빌며. ×로부터.

M에게보내는편지(四信)

태양은－언제나 물체들의짧은그림자를 던져준적이없는 그태양을머리에이고－이었다느니보다는 비뚜로바라다보며살아가는곳이 내가재생(再生)하기전에살던곳이겠네 태양은정오에도결코물체들의짧은그림자를던져주기를영원히거절하여있는－물체들은영원히 긴그림자만을가짐에만족하고있지아니하면아니될－그만큼북극권에가까운 위경도(緯經度)의숫자를소유한곳－그곳이 내가재생하기전에 내가살던참으로꿈같은세계이겠네 원시(原始)를자랑스러운듯이이야기하며 하늘의높은것만알았던지 법선(法線)[7]으로만법선으로만 이렇게울립(鬱立)하여있는무수한침엽수들은 백중천중으로포개져있는 잎새사이로 담황색 태양광을 활홀한간섭작용으로 투과시키고있는 잠자고있는듯한광경이 내가재생하기전에살던 그나라그북국이아니면 어느곳에서도얻어볼수없는시적정조(詩的情調)인것이겠네 오로지지금에는

---

7) 평면에서 곡선 위의 한 점을 지나고, 이 점에서의 곡선에 대한 접선에 수직인 직선. 또는 곡면 위의 한 점을 지나고, 이 점에서의 곡면에 대한 접평면에 수직인 직선.

꿈-꿈이라면 너무나깊이가깊고잊어버리기에너무나 감명독(感銘毒)한꿈으로만 나의변화만은생(生)의한조각답게기억되네마는 그언제나휘발유찌꺼기같은 값싼음식에살찐사람의지방 빛같은 그하늘을내가부득이연상할적마다 구름한점없는 이청천(靑天)을보고있는 내의개인마음까지 지저분한막대기로 휘저어놓는것같네 그것은영원히나의마음의 흐리터분한기억으로 조금이라도밝은빛을얻어보려고 고달퍼하는나의가엾은노력에 최후까지수반될 저주할방행물인것일세.

× × ×

나의육안의부정확한 오차를관대히본다하더라도 그것은이십오도(25°)에는내리지않을 치명적「스로-프」[8]이었을것일세 그뒤뚱뒤뚱하는 위험하기짝이없는궤도위의바람을쪼개고 공간을쪼개고 맥진(驀進)하는「토록코」[9]위에 내몸을싣는다는것은 전혀나의생명을그대로내어던지려는것과 조금도다름이없는것일세 이미부정(否定)된생(生)을 식도(食道)라는질긴줄에포박당하여억지

8) 스로프(slope): 경사.
9) 토록코: 광산이나 공사현장에서 사용되던 지붕 없는 열차.

로질질끌려가는 그들의 『살아간다는것』은 그들의피부와조금도질것없이 조그만치의윤택도없는 『짓』이아니고무엇이겠나 그들의메마른 인후(咽喉)를통과하는격렬한공기의진동은 모두가창조의신에대한 최후적모멸의절규인것일세 그음울한소리를들을수있는사람은 누구나다—싫다는것을억지로매질을받아가며 강제되는『삶』에대하여 필사적항의를드리지않을사람이 어디있겠나 오직그들의눈에는 천고의백설을머리위에이고 풍우로더불어이야기하는 연산의봄도라지들도 한낮악마의우상밖에 아무것으로도보이지않는것일세 그때에사람의마음은 환경의거울이라는것이아니겠나.

× × ×

나는재생으로말미암아 생에대한새로운용기와환희를한몸에획득한것같은 그러기에전세의나를 그혈사(血史)를고백하기에 의외의통쾌와얼마의자만까지 느끼는것이아니겠나 내가그경사위에서 참으로생명을내어던지는일을하던 그의식없던과정을 자네에게쏟아뜨리는것도 필연컨대그용기와그기쁨에 격려된한표상이아닐까하는것일세.

× × ×

그때까지의나의생에대한신념은—구태여신념이있었다고하면 그것은너무나유희적이었음에 놀라지아니할수없네.

「사람이유희덕으로살수가있담?」

결국나는때때로허무두자를압밖에해뜨리며 거리를왕래하는 한개조그마한경멸할 「니힐리스트」였던것일세생을찾다가생을부정했다가 드디어처음으로귀의하여야만할의과정은—나는허무에귀의하기전에 벌써생으로부정하였어야될터인데—어느때에내가나의생을부정했던가…집을떠날때! 그때는내가줄기찬힘으로 생에매어달리지않았던가 그러면어머님을잃을때! 그때에나는어언간무수한허무를 입밖에방산(放散)[10]시킨뒤가아니었던가 그사이! 내가집을떠날때부터 어머님을잃을때까지그사이는실로짧은동안…뿐이랴 그동안에나는생을부정해야만할 아무런이유도가지지않았던가. 생을부정할아무이유도없이 앙감질(單足逃)[11]로허탄히 허무를질질흘

10) 방산: 제멋대로 제각기 흩어짐. 풀어서 헤침.
11) 앙감질: 한 발은 들고 한 발로만 뛰는 것.

려왔다는 그희롱적나의과거가 부끄럽고꾸지람하고싶은것일세 회한을느끼는것일세.

「생을부정할아무이유도없다 허무를운운할 아무이유도없다 힘차게살아야만하는것이…」

재생한뒤의나는 나의몸과마음에 채찍질하여온것일세 누구는말하였지

「신에게대한최후의복수는 내몸을사파(娑婆)[12]로부터 사라트리는데있다」

고 그러나나는

「신에게대한최후의복수는 부정되려는생을 줄기차게 살아가는데있다」

이렇게….

× × ×

또한신뢰(迅雷)와같이 그「스로－프」를내려줄이고있는얼마안되는순간에 어떤한순간이었네 내귀에는무서운소리가들려왔어.

『×야뛰어내려라 죽는다……』

---

12) 사파: 사바. 괴로움이 많은 인간세계를 이르는 불교용어.

『네뒤「토록코」가비었다 뛰어내려라!』

나는거의본능적으로고개를돌렸네 과연나의뒤를몇간안되게까지육박해온—반드시조종하는사람이있어야만할 그「토록코」위에는사람이없는것이었네 나는「브레이크」를놓았네. 동시에나의 「토록코」도 무서운속도로 나의앞에가는 「토록코」를육박하는것이었네 나는「토록코」위에서필사적으로부르짖었네.

『야! 앞에「토록코」야 「브레이크」를놓아라 충돌된다 죽는다 내뒤 「토록코」에는사람이없다 브레이크를놓아라』

그러나앞의「토록코」는브레이크를 놓을수는없었네 그것은 「레—일」이끝나는종점에 거의가까이닿았으므로 앞에 「토록코」는 도로 「브레이크」를 눌러야만할필요에 있는것이었네.

『내가뛰어내려 그러면내 「토록코」의「브레이크」는놓아진다 그러면내「토록코」는앞의「토록코」와충돌된다 그러면 앞에놈은죽는다…』

나는뒤를또한번돌아다보았네 얼마전에놀래어 「브레이크」를놓은 나의「토록코」보다도훨씬먼 저「브레이크」가놓아진 내뒤「토록코」는 내「토록코」이상의가속도로

내「토록코」를각각으로육박해와서 이제는한두간(間)뒤—몇초뒤에는 내목숨을내어던져야될 (참으로) 충돌이 일어날—그렇게가깝게육박해있는것이었네.

『뛰어내리지아니하고 이대로있으면 아무리「브레이크」를놓아도 나는뒤「토록코」에충돌되어죽을것이다 뛰어내려? 그러면내가뛰어내린빈「토록코」와 그뒤를육박하던빈「토록코」는충돌될것이다 다행히선로바깥으로굴러떨어지면좋겠지만 선로위에그대로조금이라도걸쳐놓인다면 그뒤를따르던「토록코」들은 이가빠진「토록코」에충돌되어쓰러지고 또그뒤를따르던「토록코」는거기서충돌되고 또그뒤를따르던「토록코」는 거기서충돌되고……이렇게수없는「토록코」들은 뒤로뒤로충돌되어그위에탔던사람들은 죽고다치고…!』.

나는세번째 또한거의본능적으로뒤를돌아다보았네 그러나다행히넷째「토록코」부터앞에올위험을예기하였던지「브레이크」를벌써눌러서 멀리보이지도않을만큼떨어져서 가만가만히내려오고있는것이었네 다만화산(火山)의분화를 바라보고있는사람의눈초리와같은 그러한공포에가득찬눈초리로 멀리앞을—우리들을 바라다보고

있는것이었네 그때에
『뛰어내리자 그래야만앞의사람이산다』
내가화살같은 「토록코」에서 발을떼려하는순간 때는 이미늦었었네 뒤에육박해오던주인없는 「토록코」는 무슨중오가나에게그리깊었던지 젖먹은기운까지다하는단말마의야수같이 나의「토록코」에 거대한음향과함께충돌되고말았네. 그순간에우주는 나로부터소멸되고 다만 오랜동아의무(無)가계속되었을뿐이었다고보고할만치 모든일과물건들은나의정신권내에있지아니하였던것일세 다만재생한후 멀리내「토록코」의뒤를따르던몇사람으로부터「공중에솟았던」나의그후존재를 신화(神話)삼아들었을뿐일세.

× × ×

재생되던첫순간 나의눈에비친나의주위의 더러운광경을 나는자네에게 이야기하고싶지않네 그것은 그런것을 쓰고있는동안에 나의마음에 혹이나 동요가생기지아니할까 하는위험스러운의문에서－그러나 나의주위에있는동무들의 참으로근심스러워하는표정의얼굴들이 두번째로나의눈에비치었을때에 의식을잃은나의전몸뚱아리에서 다만나의입만이부드럽게-참으로고요히-침으로착하게미소하는것을 내눈으로도보는것같았네 신에게보다도 우선그들동무에게-감사는영원히신에게들림없이그동무들에게만그치고말는지도몰라. 내팔이아직도나의동체에달려있는가만져보려하였으나 그팔자신이벌써전부터생리적으로 움직일수없는것이된지 오래였던모양이데 나는다시그들동무들에게감사하며 환계(幻界)같은꿈속으로 깊이빠지고말았네 나는어머니에게 좀더값있는참다운삶을살수있게하지못한「내」가악마-신이아니라-에게무수히매맞는것을보았네 그리고나는「나」에게욕하였고경멸하였네 그리고나는좀더건실하게살지않았던 「쿡」생활이후의「내」가 또한악마에게매맞는것을보앗네 그리고나는나에게욕하였고 경멸하였네 그리고생에새로운 참다운의의(意義) 와신에대한최후적복수의결심을 마음속으로깊이암송하였네 그꿈은나의주은과거와 재생후의나사이에 형상지어져있는과도기에 의미깊은꿈이었네 하여간이를갈아가며라도 살아가겠다는악지가 나의생에대한 변경시키지못할신념이었네 다만나의의미없이또광명없이 그대로삭제되어버린과거-

나의인생의한부분을 설－께조상(弔喪)하였을따름일세.

× × ×

털끝만한인정미도포함하고있지아니한 바깥에부는바람은 이북국에장차엄습하여올 무거운기절(期節)을 교활하게예고하고있는것이나아니겠나 번개같이스치는지난겨울 이곳에서받은나의육체적고통의기억의단편들은 눈깜박할사이에 무죄한나를전율시키는것일세 이무서운기절이이나라에찾아오기전에 어서이곳을떠나서 바람이나마 인정미－비록그러한사람은 못만나봣더라도－있는바람이부는곳으로가야할터인데 나의몸은아직도 전연부자유에 비끄러매여있네－그것은육체적으로나정신적으로나 의사하는사람은나의반드시원상태로의복구를예언하데마는 그러나행인지불행인지 나는방문밖에서

「절뚝발이는아무래도면치못하리라」

이렇게근심(?)하는 그들의말소리를들었네그려－만일에내가그들의이말과같이 참으로절뚝발이가되고만다하면－나는이생각을하며 내마음이우는것을느끼네.

「절뚝발이」

여태껏내몸위에 뒤집어씌어져있던 무수한대명찰(代

名札) 외에 나에게는 또이러한새로운대명찰하나가 더 뒤집어지는구나—어디까지라도 깜깜한암흑에지질리어있는 나의앞길을건너다보며 영원히나의신변에서없어진등불을 원망하는것일세 절뚝발이도살수있을까—절뚝발이도살게하는 그렇게관대한세계가 지상에어느한귀퉁에있을까? 자네는이속타는나의물음—아니차라리부르짖음에대하여 대답할무슨재료 아니용기라도있겠는가?

× × ×

북국생활칠년! 그동안에 나는지적으로나 덕적(德的)으로나 많은교훈을얻은것만은사실일세 머지않아한장래에 그전에나보다 확실히더늙은절뚝발이의내가 동경에다시나타날것을약속하네 그곳에는그래도조금이라도따뜻한 나의식어빠진인생을 조금이라도 덮어줄바람이불것을꿈꾸며 줄기차게정말악마까지도 나를미워할때까지 줄기차게살겠다는것도약속하네 재생한나이니까물론과거의일체추상(醜相)은 곱게청산하여버리고 박물관내의한권의역사책으로하여 가만히표지를덮는것일세 모든새로운 광채찬라한역사는 이제로부터전개할것일

세 하면서도

『절뚝발이가……』

새로이방문하여오는절망을느끼면서도 아직나는최후까지줄기차게 살것을맹세하는것일세 과거를너무지껄이는것이어리석은일이라면 장래를너무지껄이는것도어리석은일일것일세.

× × ×

M군! 자네가편지를손에들고 글자글자를자네눈에통가시킬때 자네눈에몇방울눈물이 있으리라는추측이 그렇게억측일까 그러나감히바란다면

「첫째로는자네의생에대한실망을경계할것이며 둘째로는나의절뚝발이에대하여 형식적동정에그칠것이요 결코자살적비애를느끼지말것들」이겠네 그것은나의지금이 「줄기차게살겠다는」무서운고집에 조그마한실망적파동이라도이끌어올까두려워서…나의염세(厭世)에대한결사적투쟁은 자네의신경을번잡케할만치되어나아갈것을 자네에게약속하기를꺼리지아니하네 자네의건강을비는동시에 못면할 이절뚝발이의또한건강이있기를빌어주기를은근히바라며. ×로부터

M에게보내는편지(五信)

자네의장문의편지 그가운데에 오직자네의건강을전하는구절외에는 글자글자의전부가 오직나의조소(嘲笑)를사기위한외에 아무매력도가지지아니한것들이었네 자네는왜―남에게의지하여 살아가려하는가 남에게의지하여살아간다는것은 곧생에대한권리를 그사람위에가져올 자포자기의짓이라는것을 어찌모르는가 일조일석에그많은재물을탕진시켜버렸다하여 자네는자네아버지를무한히경멸하며나중에는부수적으로따라오는 절망까지하소연하지아니하였는가 그것이 자네가스스로구실을꾸며가지고나아가서 자네의애를써 잘―경영되어나오던생을 구태여부정하여보려는것이아니고 무엇이겠나 그것은비겁인동시에―모든비겁이하나도죄악아닌것이없는것과같이―역시죄악인것일세.

어렵거든 혹으난의말이 우의적으로좋지않게들리거든 구태여라도운명이라고그잃게단념하여주게 그것도오직 자네에게 무한한사랑을받고있는 나의자네에게대한무한한사랑에서나온것인만큼 나는자네에게인생의혁명적으로 새로운제이차적「스타일」을 충고치아니할수없는

것일세 그리고될수만있으면 이운명이라는요물을 신용치 말아주기를바라는것일세－이렇게말하는나자신부터도 이운명이라는요물의다시없는독신자(篤信者)이면서도－.

「운명의장난?」

하, 그런것이있을수가있나 있다면너무도운명의장난이겠네.

× × ×

M군! 나는그동안 여러날을두고몹시앓았네 무슨원인인지나도모르게이－원인알수없는병이 나의몸을산채로느더삶을수없는데까지 삶아가지고는 죽음의출입구까지 이끌어갔던것일세 그때에나의곱게창산하여버렸던 나의정신어느모에도남아있지안아야만할 재생하기전에 일어났던일까지도 재생후의그것과함께 죽 단열(單列)로 나의의식앞을 천천히지나가고있는것이었네 그리고 나는반의식의나의눈으로 그행렬가운데서 숨차게허덕이던 과거의나를물끄러미바라다보고있던것이었네 그것은내눈에너무도불쌍한꼴로나타났었기때문에 아－그것들은－

「이것이죽은것인가보다 적어도죽어가는것인가보다」

이렇게몽롱히느끼면서도

「죽는것이 이렇기만하다면야」

이런생각도나서 일종의통쾌까지도느낀것같으며 그러나죽어가는나의눈에비치는 과거의나의모양 그불쌍한꼴을보는것은 확실히슬픈일일뿐아니라 고토이었네 어쨌든나를간호하던 이집주인의말에의하면 무엇나는잠을자면서도 늘-울고있더라든가…….

「이것이죽는것이라면-」

이렇게 그-꼴사나운행렬을바라보던 나의머리가운데에는 내가사랑에주려있는 형제와옛친구를애걸하듯이그리며그행렬가운데에 행여나나타나기를 무한히기다렸던것일세 이마음이아마 어떤시인의병석에서부른-.

「얼른이때 옛친구한번씩 모두만나둘거나」

하던 그시경(詩境)에노는것이나아닌가하였네.

× × ×

순전한하숙이라고만볼수도없으나 그러나괴상한성격을각각가진사람들이 많이모여있는 지금의나의사는곳일세 이곳주인은 나보다퍽연배(年輩)에속하는사람으로그의일상생활양으로보아 나의마음을끄는바가적지않았으되 자세한것은 더자세히안다음에 써보내겠거니와 하여간내가고국을떠나 자네와눈물로작별한후로 처음으로만난가장친한친구의하나람으로 사귀고있는것일세 그와나는깊이깊이인생을이야기하였으며 나는그의말과 인격과 그리고그의생애에 많은경이로써대하고있는중일세.

× × ×

운명의악희(惡戱)가 내게끼칠「프로그램」은 아직도다하지아니하였던지 나는그죽음의출입구까지 다녀온병석으로부터 다시일어났네 생각하면그동안에 내가흘린「땀」만해도 말(斗)로계산할듯하니 다시금푹젖은 요바닥을내려다보며이몸의하잘것없는것을 탄식하여마지않았으며 피비린냄새나는 눈방울을달음박질시켜가며 불려놓았던나의「포켓트」는 이번병으로말미암아 많이줄어들었네 그러나병석에서도 나의먹을것의걱정으로말미암아 나의그「포켓트」를건드리게되기는 주인의동정이 너무나컸던것일세 지금도그의동정을받고있을뿐이야 앞으로도길이 그의동정을받지않으리라고는 단언할수없으며.

「돈을모아볼까」

내가줄기차게살아보겠단느결심으로 모은돈을 남의동정을받아가면서도 쓰기를아까워하는나의마음의추한것을 새삼스러이발견하는것같아불유쾌하기짝이없네 동시에나의마음이잘못하면 허무주의에돌아가지나아니할까하여 무하히경계도하고있었네.

× × ×

M군! 웃지말아주게 나는그동안에의학공부를시작하였네 그것은내가전부터 그방면에취미가있었다는것도속일수없는일이겠으나 또의사인자네를 따라가고싶은가엾은마음에서 그리한것이라고말하고싶은것도속일수없는일이겠네 모든것이 다－그－줄기차게살아가겠다는 가엾은악지에서 나온짓이라는것을생각하고 부드러운미소로칭찬하여주기를바라는것일세 또다시생각하면나의몸이불구자이므로 세상에많은불구자를동정하고저하는마음에서 그러는것인지도모르겠으나 내가불구자인것이 사실인만큼 내가의학공부를시작한것도 자네에게는너무나돌연적이겠으나 역시사실인것을어찌하겠나여기에도나는주인의많은도움을받아오는것을말하여두

거니와 하여간 이새로운나의노력이 나의앞길에또어떠한운명을 늘어놓도록만들는지아직은수수께끼에부칠수밖에없네.

× × ×

불쌍한의문에싸였던 그「정말절뚝발이가될는지」도 끝끝내는한개의완전한 절뚝발이로 울면서하던예언에 어기지않은채 다시금동경시가에나타났네그려! 오고가는사람이이가엾은 「인생의패북자」절뚝발이를 누구나비웃지않고는맞고보내지아니하는것을설워하는 불유쾌한마음이 나는아무리용기를내어보았으나 소제시킬수가없이 뿌리깊이박혀있네그려.

「영원한절뚝발이 그러나절뚝발이의 무서운힘을보여줄걸자세히보아라」

이곳에서도 원한과울분에짖는 단말마의전율할 신에대한복수의맹세를 볼수있는것일세 내몸이이렇게악지를쓸때에 나는스스로내몸을돌아다보며 한없는연민과고독을느끼는것일세 물에빠져 애쓰는사람의목이수면위에솟았을때그의눈이사면의 무변대해(無邊大海)임을바라보고 절망하는듯한일을나는우는것일세 그때마다

가장세상에마음을주어 가까운사람에게둘러싸여 따뜻한이불속에 고요히누워서 그들과또나의미소를서로교환하는 그러한안일한생활이하루바삐실현되기를 무한히꿈꾸고있는것일세 그것은즉시로내몸을깊은「노스탤지어」에빠트려서는 고향을꿈꾸게하고 친구를꿈꾸게하고 육친과형제를꿈꾸게하도록표상되는것일세 나는가벼운고통가운데에도 눈물겨운향수의쾌감을 눈감고가만히느끼는것일세.

× × ×

명고옥(名古屋)쿡생활이후로 전전유량이칠년동안한번도거울을들여다본적이없던나는 절뚝발이로동경에도아와서처음으로거울에비취는 나의모양이 나로서도놀라지않을수없을만치 그렇게도무섭게변한데에 「악!」소리를지르지아니할수없었네 그것은청춘―뿐이랴 인생의대부분을박탈당한 썩어찌그러진흠집투성이의 값없는골동품인나였던것일세 그때에도나는또한 나의동체를꽉차서 치밀어올라오는무거운「피스톤」에 눌리우는듯한절망에빠졌었네 그러나즉시그것은나에게 아무것도아니하는것을가르쳐주며 이패북의인간을위로하며

격려하여주데 그때에

「그러면M군도아차 T도!」

이런생각이암행열차같이 나의허리를스쳐갔네 별안간 자네의얼굴이보고싶어서 환등(幻燈)을보는 어린아이의

「무엇이나올까」

하는못생긴생각에가득찼네 그래서나도자네에게 나의근영(近影)을한장보내거니와 자네도나의환등을보는 어린아이가은마음을생각하여 자네의최근사진을한장보내주기를바라네 물론서로만나보았음녀 그위에더시원하고반가울일이있겠나마는 기필치못할우리의운명은 지금도자네와나두사람의만날수있는 아무방책도가르쳐주지않네그려!

× × ×

내가주인에게그만큼나의마음을 붙일수까지있었느니만큼아직나는아무데로도옮길생각은없네 지금생각같아서는 앞으로얼마든지 이곳에있을것같으니까 나에게결정적변동이없는 한자네는안심하고 이곳으로편지하여주기를바라네 T는요즈음어떠한가 여전히적빈에심신

을쪼들리우고있다하니 그또한운명에맡길수밖에없지않겠나 나의안부잘전하여주게 내가집을떠나십년동안 T에게한장편지를직접부치지아니한데대하여서는—나의마음가운데에털끝만치라도 T에게악의가있지아니한것은물론자네가잘알고있으니깐—자네의사진이오기를기다리며 또자네의여전한건강을빌며—영원한절뚝발이×로부터

『三』

벗어나려고애쓰는환경일수록 그환경은그사람에게 매어달려벗어나지를않는것이다 T가아무리그적빈을 벗어나려고애써왔으나 형과갈린지십유여년인오늘까지도 역시그적빈을면할수는없었다 아버지의불의의실패가있기전지도그래도그곳에서는상당히물적으로 유족한생활을하고있던M군의호의로 T가결정적직업을가지게되지못하였었다할진대세상에서—더욱이가난한사람은 더욱가난해지지않으면아니되

계변하여가는세상에서 T의가족들은 그날그날의목을축일것으로말미암아 더욱이나그들의머리를숙이지않을수없었을것이다 그러나다행히위험성 적은생계를경영해나아간다고는하여도 역시가난그것을 한겹덕이도면치못한것은말할것도없다 행인지불행인지 T의아내는「업」이하나를낳은뒤로는 사내아이도계집아이도낳지못하였다 그리하여T의가정은쓸쓸하였다 그러나다만세식구밖에안되는간단한가정으로도 그때나이때나존재하여왔던거이다

적빈가운데에서출생한「업」이가 반드시못났으리라고추측한다면 그것은전연사실과 반대되는추측일것이다 「업」이는그아버지T에게서도또그외에 그가족의누구에서도 찾아볼수없을만치 영리하고예민한자질과 풍부한두뇌의소유자로 태어났던것이다 과연「업」이는어려서부터 간기(癎氣)로죽을뻔죽을뻔하면서 겨우살아났다 그러나지금에는건강한몸이되었다 T의적빈한가정에는 그들에게다시없는위안거리였고 자랑거리였었다 T의부처는「업」이가어려서부터 죽을것을근근이살려왔다는이유로도 또남

의자식보다잘나고똑똑하다는이유로도 그가정의자랑거리라는이유로도 그아들의덕을보겠다는이유로도 그들의줄수있는 최절정의사랑을「업」에게바쳐왔던것이다

양육의방침이 그양육되는아이의성격의 거의전부를결정한다면 교육의방침도 또한그의성격에적지아니한관계를끼칠것이다 「업」이는적빈한가정에서태어났으나 또한M군의호의로 받을만큼의 계제적(階梯的)교육을받아왔다 좋은두뇌의소유자인 「업」에게대하여 이교육은효과없지않을뿐이랴! 무엇이든지그는남보다 먼저당할줄알고 남보다일찍알줄알고 남보다일찍느낄줄아는 혁혁한공적을이루었다. M군이해외에있는 그친구에게보내는편지마다자기의공로를자랑하는의미를떠난 더없는칭찬도칭찬이었거니와 학교선생이나 그들주위의사람들은누구나다최고의칭찬하기를아끼지아니하여왔던것이다 T에게는 이것이몸에넘치는광영인것은물론이요그러므로「업」이는 T의둘도없는자랑거리요 보물이었던것이다.

「훌륭한아들을가진사람」

이와같은말을들은 T로하여금 「업」을위하여하는 것은물론이요 이와같은말을 영구히몸에받기위하여서는 「업」이를 T의상전으로 위하게까지시키었다 너무과도한칭찬의말은 T에게기쁨을줄뿐아니라 T에게또한 무거운책임도주는것이었다.

「이아들을위해야한다」

업을소유한아버지의T씨가아니었고 T가씨를소유한아들이었던것이다 업은T씨가 가장그책임을다하여야만하고 그충실을다하여야만할T씨의주인인거시었다 T씨는업이그어머니의뱃속을하직하던날부터 오늘까지성난손으로 업을때려본일이 한번도없었을뿐만아니라 변한어조로꾸지람한마디못하여본채로왔던것이다.

「내가지금은이렇게 가난하지만 저것이자라서훌륭하게되는날에는 나는저것의덕을보리라」

다만하루라도 바삐업이학업을마치기만 그리하여 하루라도바삐훌륭한사람이되어지기만 한없이기다

리던것이었다 비록업이 여하한괴상한행동에나아가더라도 T씨는

「저것도 다공부에 소용되는일이겠지」

하고 업이활동사진배우의 「브로마이드」를사다가 그의방벽에다가죽붙여놓아도 그것이무엇이냐고 업에게도M군에게도묻지도아니하고 그저이렇게만생각하여버리고 그만두는거시었다 더욱이무식한씨로서는 그런것을물어보거나 혹시잘못하는듯한점에대하여 충고라도하여보거나하는것은 필요없는간섭같이생각되어 전혀입을내어밀기를주저하여왔던것이다 언제나T씨는업의동정을살펴가며 업이가T씨밑에서사는것이아니라 T씨가업의밑에서사는것과같은 모순에가까운상태에서 그날그날을살아왔던것이다.

이런때에 선천적성격 이라는것은 의문이많은것이다 사람의성격은외래의자극 즉환경에따라 형상지어지는것이라는결론 에도달치아니할수없는것이다 이와같은교육방침밑에있는 또이와같은환경에서자라나는업의성격이 그가태어난가정의적빈함에반대로교만하기짝이없고 방종하기짝이없는 업을형성

할것은물론임에오류 를발견할수없을것이다 업은 자기주위의모든사람을보기를 모두자기아버지T씨와같이보는것이었다 자기의말을T씨가 잘들어주듯이 세상사람도 그렇게희생적으로 자기의말에전연노예적으로 굴종할것이라고믿는것이었다 자기를호위하여주리라고믿는것이었다 업의걷잡을수도없는 공상은천마(天馬) 가공중을가는것과같이 자유롭게 구사되어왔던것이다.

『햄릿』의「유령」『올리―』의「감람수의방향」『브로드웨이』의「경종」『맘모톨』의「리―젤」『오페라』좌의「화문천정」이렇게

허영! 그것들은 뒤가뒤를물고환상에젖은 그의머리를끊이지아니하고지나가는것이었다 방종허영타락 이것은영리한두뇌의소유자인업이라도 반드시걸어야만할과정이아닐까 그들의가정이만들어낸 그들의교육방침이만들어낸 그러나 엉뚱한결과를가져오게한 예기못한기적 업은과연지금에 그의가정혜성같이나타난한기적적존재인것이었다.

『四』

M군은실망하였다 업은 아무리생각하여보아도「마이나스」의존재였다.

「저런사람이필요할까? 아니 있어도좋을까?」

그러나「유해무익」이라는 참을수없는결론이었다.

「가지가돋고 꽃이피기전에 일찍이 그순(筍)을잘라버리는것이낫지않을까」

M군에게대하여서는 너무나악착한착상이었다 그리하여

「다시한번업의전도(前途)를위하여 잘 지도하여볼까」

그러나

「한사람의사상은반응 키어려운만치완성되어있지않은가 뿐만아니라 설복(說服)을당하기에는 업의이지(理智)는너무까다롭다」

M군의 업에게대한애착은 근본저궁로다하여버렸다 M군의이러한 정신적실망의반면에는 물질적방면에서받은 영향도 적지아니하였다 그것은오늘날까지업의학비 를대어오든M군이수년전에 그의아버

지가불의의 액운으로말미암아 파산 을당하다시피
되어 유유자적 하던연구실의생활도더하지못하고
어느관립병원 촉탁의사가되어가지고 온갖물질적고
통을 다하지않으면아니되게되었던것이다 그간으로
도 M군은 여러번이나 업의학비를대이기를단념하
려하였든것이었으나 그러나 아직그의업에대한실망
이 그리 크지도아니하였고 또 싹이나려는아름다운
싹을 그대로꺾어버리는것도같아서어딘지 애착때문
에매어달려지는 미련에끌리어 그럭저럭 오늘까지
끌어왔던것이었으나 지금에 이르러서는그의업에대
한애착과미련도 곱게어디론지다사라지고말았다 그
렇기때문에이물질적관계가 그로하여금 업을단념시
키기를더욱쉽게하였던것이나아니었던가한다.

「업이! 이번 몸은벌써업이졸업일세그려!」

「네 – 구속많고귀찮던중학생활도 이렇게끝나랴
하고보니 섭섭한생각이없는것도아닙니다」

「그러면졸업후의지망은?–」

「음악학교!–」

그래도주저하던단념은M군을결정시켜버렸다.

「업이 자네도 잘알다시피 지금의나는나한몸뚱이를지지 해나아가기에도어려운가운데있어! 음악학교의뒤를대어줄수가없다는것은 결코악의가아니야 나의지금생각같아서는천재의순을꺾는것도같으나 이제부터는 이만큼이라도 자네를길러주신가난한자네의부모의은혜라도갚아보는것이좋을것같네」

이말을하는M군은 도저히 업의얼굴을쳐다볼수가 없었다 M군의이와같은소극적약점 은업으로하여금

「오—네 은혜를갚으란말이로구나」

하는부적당한분개를 불지르게하는것이었다 그러나 이렇게말하는M군은 언제인가학교무슨회에서 여흥으로만인의이목이 집중되는연단위에서 「바이올린」의줄을농락하던 그업이를생각하고섭섭히생각한것만치그에게는 조금도악의가품어있지아니하였던것이다 M군의업에대한「내몸이어렵더라도시켜보려하였으나」하든실망은 즉시로「나를미워하는세상 내마음대로되지않는세상」하는 업의실망으로옮기어졌다.

「내생명을꺾으려는세상 활동의 원동력을 주려하지않는세상」

「M씨여 당신은나를미워했지 나의천재를시기했지 나는당신을원망합니다」

어두운거리를수업시헤매이는것이 여항(閭巷)[13]의천한계집과씩뚝꺽뚝하소연하는것이 남읮비담모퉁이에서밤을새우는것이 공원「벤취」에서낮잠을자는것이 때때로죽어가는T씨를졸라서몇푼의돈을긁어내어 피부의옅은환락을찾아다니는것이 중학을마치고나온청소년업의 그후생활이었다.

나날이늘어가는것은 업의교만 방종한태도

「아버지! 아버지는 왜다른아버지들과같이 돈을많이좀못벌었습디까 왜 남같이 자식공부좀못시켜줍니까 왜 남같이 자식호강좀못시켜줍니까 왜 돋으려는순을꺾느냐는말이오」

「아버지무섭다」는생각은 업에게는털끝만치도있을리가없었다 그것은차라리 T씨가 아들업이를무서워하는것이옳은것같은상태이었었으니까

「오냐 다— 내죄다 그저아비못만난탓이다」

13) 여항: 백성의 살림집이 많이 모여 있는 곳.

T씨는 이렇게 업에게 비는것이었다.

「애비가 자식호강못시키는생각만하고 자식이애비호강좀시켜보겠다는생각은꿈에도못하겠니? 예끼못된자식」

T씨에게 이러한생각은 참으로꿈에도날수없었다「천재를썩힌다 애비의죄다」이렇게 T씨의생활은속죄(贖罪)의생활이었다 그날의밥을끓여먹을쌀을걱정하는 그들의살림가운데에서였으나 업의「돈을내라」는절대한명령에는 쌀팔돈이고 전당을잡혀서이고 그당장에내어놓지않고는죽을것같이만알고있는 T씨의살림이었다 차마못할 야료[14]를T씨의눈앞에서거리낌없이연출하더라도 며칠밤씩을못잘데가서자고들어오는것을 T씨눈으로보면서도

「저것의 심정을살핀다」는듯이

「미안하다 다내죄가아니면무엇이냐」는 듯이업의앞에서머리를숙인채업에게말한마디던져볼용기도없이 마치 무슨큰죄나진종 이주인의얼굴을참아못쳐

14) 야료: 까닭 없이 트집을 부리고 마구 떠들어 대는 짓.

다보는것과같이묵묵히앉아있는것이었다 때로는
「해외의형은어쩌면 돈도점보내주지않는담」
이렇게 얼토당토않은 그형을원망도하여보는것이었다 T씨의아들업에대한이와같은 죽은쥐같은태도는업의 그교만종횡(驕慢縱橫) 한잔인성을더욱더욱조장시키는촉진제외에는아무것도아니었다 업에실망한M군과M씨의태도에불만을가득가진업의사이가멀어져감은물론이요 그러한불합리 한T씨의태도에불만을가득가진M군과 자기아들에게주던사랑을일조에집어던진 가중한M군을 원망하는T씨의사이도점점멀어져갈따름이었다 다만해외에방랑하는 그의소식을직접듣는M군이 그의안부를전하는동시에그들의안부를알려T씨의집을이따금 방문하는외에는그들사이에 오고감의필요가전혀없던것이었다.

M에게보내는편지(第六信)

두달! 그것은무궁한우주의연령으로볼때에얼마나짧은것일까?! 그러나자네와나사이에 가로질렀던 그두달이아말로 나는자네의죽음까지도우려(憂慮)하고 자네는나

의죽음까지도 우려(憂慮)하였음즉한추측이 오측(誤測)
이아닐것이분명할만치 그렇게도초조와 근심에넘치는
길고긴두달이아니었겠나 자네와나의그우려 그러나내
가 이글을쓰며자네의틀림없는건강을믿는것과같이 나
는다시없는건강의주인으로서 나의정력이허락하는한도
까지 밤과낮으로힘차게일하고있는것일세.

M군! 나의 이끊임없는건강을자네에게전하는 기쁨과
아울러 머지아니하여 우리두사람이 얼굴과얼굴을 서로
만나겠다는기쁨또한전하는것일세.

× × ×

우스운말이나 지금쯤참으로노련한 한사람의의학사
(醫學士)로완성디어있겠지 그노련한의학사를멀리떨어
져 나의요즈음열심으로하여 오던의학의(醫學)공부가지
금에는겨우 얼간의사하나를만들어놓았다는것은 그무
슨희극적대조이겠나 이것은이곳에친구의직접의 원조
도원조이었겠지마는 또한편으로멀리있는 자네의나에
게대하여주는끊임없는사랑의덕이 그대부분이겠다고믿
으며 또한자네가더한층이나 반가워할줄믿는소식이겠
다고도믿는것일세 내가고국에돌아간다음에는자네는나

의 이약한손을이끌어그길을함께걸어주겠다는것을 약속하여주기를바라며마지않는것일세.

× × ×

오늘날 꿈에만 그리던고구그로돌아가려하고보니 감개무궁하여 나의가슴을어지럽게하네 십유여년의기나긴방랑생활에서 내가얻은것이무엇인가 한분어머니를 잃었네 그리고절뚝발이가되었네 글한자못배웠네 돈한푼못벌었네 사람다운일하나못하여놓았네 오직누추한 꿈속에서 나의몸서리칠청춘을 일생의중요한부분을 삭제당하기를그저달게받아왔을따름일세 차인잔고(差引殘高)[15]가무엇인가 무슨낯으로 고향땅을밟으며 무슨낯으로 형제의낯을대하며 무슨낯으로 고향친구의낯을대할것인가? 오직회한(悔恨)차인잔고가있다고하면 오직이 회한의한뭉텅이가있을따름이아니겠나? 그러나 다시생각하고 나는가벼운한숨으로서나의괴로운마음을안심시키는것이니 그렇게부끄러워야만할고향땅에는 지금쯤은 나의얼굴 아니나의이름이나마 기억할수있는 사람의

15) 차인잔고: 뺀 나머지 금액. 잔액.

한사람조차도있지아니할것일뿐이라 그곳에는 이인생의패북자인나를마음으로써 반가이맞아줄자네M군이있을것이요 육친의형제T가있을것이므로일세 이기쁨으로 나는나의마음에용기를내게하여 몽매에도그리던고향의흙을밟으려하는것일세.

× × ×

근삼년동안이나 마음과몸의안정을가지고 머물러있는 이곳의주인은 내가자네와작별한후에 자네에게주던이만큼의우정을아끼지아니한 그렇게친한친구가되어있다는 말을자네에게전한것을 자네는잊지아니하였을줄믿네 피차에 흉금을놓은두사람은 주객 의굴레를일찍이벗어난 그리하여외로운그와외로운나는적적(비록사람은 많으나) 한이집안에단두사람의가족이되었네이렇게그에게그의가족이없는것은물론이나 이만한여관외에 처처에상당한건물들을 그의소유로가지고있는 꽤 있는그일세.

나로서들어가는바 그의과거가 비풍참우(悲風慘雨)의 혈사를이곳에나열하면무엇하겠나마는 과연 그는문자대로의고독한 낭인(浪人)일세 그러나 그의친구들의간

곡한권고와 때로는나의마음으로의권고가있음에도불구하고 그는결코 아내를취 하지아니하는것일세.

「돈도그만큼모았고 나이도저만큼되었으니 장차의길고긴노후의날을의할 신변의고적을위로할해로가있어야 아니하겠소」

「하 그것은전혀내마음을몰라주는말이오」

일상에 내가나의객관에고적(孤寂)을그에게하소연할때면 그는도리어 나를부러워하며 자기신변의고적과공허를나에게하소연하는것일세 그러면서도 그는결코아내를얻지아니하겠다하며 그렇다고허튼여자를함부로대하거나하는일도결코없는것일세.

「그러면 그가여자에게대하여 무슨갚지못할깊은원한이나있는것이아닐까」하는선입관념을가진눈으로보아서 그런지 그는남자에게는 어떤사람에게든지 친절하게하면서도 여자에게는어떤사람에게든지 냉정하기짝이없는것일세 예를들면 이집여중들에게 하는 그의태도는학대, 냉정, 잔인, 그것일세 나는때로

「너무그러지마오 가엾으니」

「여자니깐!」

그는언제나 이렇게대답할뿐이었네 그의이수수께끼의 대답은나의의아를점점깊게만하는것이었네 하루는조용한밤 두사람은또한뛺은차를마시어가며 세상이야기를 하고있었네 그곳에

「여자에관련된 남성에에게말못할 무슨비밀의과거가 있소?」

「있소! 있되깊소?」

「내게들려줄수없소?」

「그것은 남에게 이야기할필요도 이유도전혀없는것이오 오직 신이그것을알고있을따름이어야만할것이오 그것은내가눈을감고 내그림자가 지상에서사라지는동시에 살아져야만할따름이요」

나는물론 그에게질기게더묻지아니하였네 그의 그림자와함께사라질비밀이 무엇인지는모르겠으나 쾌활한 기상의주인인그는 또한 남다른개성의 소유자인것일세.

× × ×

그는나보다십여세맏일세 그의나이에 겨누어너무과하다할만치 많이난그의흰머리털은나로하여금공경하는마음을가지게하네 또한동시에 그의풍파많은과거를웅변

으로이야기하고있는것도같으니 그와같은그가 나를사귀어주기를 동년배의터놓은사이의우의로써하여주니 내가나의방랑생활에있어서 참으로나의 「희로애락」을 바꿀수있는사람은 오직그뿐이라고어찌말하지않겠나? 그와나는구구한 그야말로 경제문제를벗어난가족－그가지금에경영하고있는여관은 그와내가주객의사이는커녕 누가주인인지도모르게 차라리어떤때에는내가주인노릇을하게끔되는 말하자면공동경영아래에있는것과같은 그와나사이인것일세 그의장부 는나의장부이었고 그의금고는 나의금고이었고 그의열쇠는 나의열쇠이었고 그의 이익과손실은나의이익과손실이었고그의채권과채무는나의채권과채무인것이었네 그와나의모－든행동은 그와내가목적은같이한 영향을같이한 그와나의행동들이었네 참으로그와내가서로믿음은 마치한들보를떠받치고섰는양편두개의기둥이 서로믿지아니하면 아니되는사이도같은것이었네.

× × ×

이와같은기쁜소식만을나열하고있던나는지금돌연히 그가세상을떠났다는 슬픈소식을자네에게 전하지않을수없는 운명에 조우 된지오래인것을말하네 나와만난후 삼년에가까운동안뿐아니라 그의말에의함녀 그이전에 도몸살이나감기한번도앓아본적이없는 퍽건강한몸의주 인이던그가졸지에이렇게쓰러졌다는것은 그와오랫동안 같이있던나로서는더욱이나의외인것이었네한이삼일을 알흔동안에는신열이좀있다하더니 내가옆에앉아있는앞 에서 고요히잠자는듯이갔네.

「사람없는벌판에서 별을쳐다보며 죽을줄안내몸이 오 늘이렇게편안한자리에누워서 당신의서렁누간호를받아 가며 세상을떠나니 기쁘오 당신의은혜는명도에가서반 드시갚을것을약속하오—이집과내가진물건의 얼마안되 는것을당신에게맡기기로수속까지다되어있으니 가는사 람의마음이라 가엾이생각하여맡아주기를바라고 아무 쪼록그것을가지고 고향에돌아가형제친구들과 함께기 쁘게살아주기를바라오 내가이렇게하잘것없이갈줄은나 도몰랐소 그러나 그것도다—내가 나의과거에받은 그뼈 살에지나치는 고생의열매가도진때문잆루아오 나를보내 는그대도외롭겠소마는 그대를두고가는나는 사파(裟婆) 에살아 꿈적이던날들보다도 한층이나외로울것같소!」

이렇게쓰디쓴몇마디를남겨놓고 그는갔네 그후그의장사도치른지며칠째되던날 나는그의일상쓰던책상속에서 위의말들과같은의미의유서 그리고문서들을찾아내었네.

× × ×

이제 이것이 나에게 기쁜일일까 그렇지아니하면 슬픈일일까 나는 그어느것이라고도말하기를주저하는것일세 내가그의생전에그와내가주고받던친교를생각하면 그의죽음은 나에게무한히슲느일이아니겠나마는 어버니의뱃속을 떠나던날부터 적빈에만지질리워가며 살아온내가 비록남에게는 얼마안되게보일는지모르겠으나 나로서는나의일생에상상도하여보지도못할만치의 거대한재산을얻은것이 어찌그다지기쁜일이아니겠다고 생각하겠는가 이렇나나의생각은세상을떠난 그를생각하기만하는데에서도 더없을양심의가책을아니받는것도아니겠으나 그러나 위에말한것은 나의양심의속임없는속삭임인것을어찌하겠나.

「어째서 그가이것을나에게물려줄까」

「죽은그의이름으로 사회업에기부할까」

이렇나생각들이 끊임없이 나의머리에지나가고 지나

오고한것은 또한 내가나의마음을속이는말이겠나? 그러나 물론전에도느끼지아니한바는아니나 차차나이들고 체력이감퇴되고 원기가좌절도미을따라서 이몸의주위가공허가역력히발견되고 청운의젊은뜻도차차주름살이잡히기를시작하여한낱고향을그리워하는마음 한낱이몸의쓸쓸한느낌만이 나날이커가는것일세 그리하여어서바삐 고향에돌아가사랑하는친구와얼싸안기워가며그립던형제와섞이어가며 몇날남지아니한나의여생 내고싶은마음이 좀더기쁨과웃음과안일한가운데에서보내고싶은마음이 날이가면갈수록최근에이르러서는 일층더하여가는것일세 내가의학공부를시작한것도전전푼의돈이나마모으기시작한것도 그런생각에서나온가엾은짓들이었네.

사회사업에 기부할생각보다도 내가가질생각이더컸던 나는드디어 그가운데의일부를헤치어생전그에게 부수되어있던용인(庸人) 여중(女中)들과얼마아니되는채무를처치한다음 나머지의전부를가지고 고향에돌아갈결심을하였네 그들가운데몇사람으로부터는 단언커니와나의일생에들어본적이없던 비난의말까지들었네.

「돈! 재물! 이것때문에 그의인간성이 이렇게도더럽게변하고말았다니! 죽은그는나를향하여 얼마나조소할것이며 침뱉을것이냐」

새삼스러이 찌들고까부러진이몸의하잘것없음을결명하며연민하였네 그러면서도

「이것도 다—입대껏 나를붙들어매고 그는적빈때문이아니냐」

이렇게 자기변명의길도찾아보면서 자기를위로하는것이었네.

× × ×

친구를 잃은슬픔은 어느결에사라졌는가 지금에나의가슴은 고향땅을밟을기쁨 친를만날기쁨 형제를만날기쁨 이렇나가지의기쁨들로꽉차있네 놀라거니와 나의일생에있어서 한편으로는 양심의가책을받아가면서라도최근며칠동안만큼기뻤던날이있었던가를의심하네.

아— 이것을기쁨이라고 나는 자네에게전하는것일세그려 눈물이나네그려!

× × ×

자네는일상 나의조카업의칭찬의말을아끼지아 니 하

며 왔 지 최근에 자네의편지에이업에 대한아무런말도 잘볼수없음은무슨일일까 하여간젖먹던 코흘리던그업이를보아버리고방랑생활십유여년 오늘날그업이재질의 풍부한생래(生來)의영리한업이로자라났다하니 우리집안을위하여서나 일상에적빈에우는 T자신을위하여서나 더없이기뻐할일이라고생각하면서도 또한편으로는 이제는 우리같은사람은아무소용이없구나하는생각을하니 감개무량하네 또한미구(未久)[16]에 만나볼기쁨과아울러 이미지수의조카업이에대하여많은촉망과기대를가지고 있는것일세.

M군! 나는아무쪼록 빨리서둘러서 어서속히고향으로 돌아갈차비를찾으려하거니와 이곳에서처치해야만할일도한두가지가아니고해서 아직도이곳에여러날있지아니하면 아니될형편이나 될수만있음녀 세전(歲前)에고향에돌아가그립던형제와친구와함께 즐거운가운데에서 오는새해를맞이하려하네 어서돌아가서 지나간옛날을 추억도하여보며 그립던회포를풀어도보아야할터인데!

16) 미구: 오래지 않아.

일기추운데 더욱더욱 건강에주의하기를바라며 T에게도불일간(不日間)내가직접편지하려고도하거니와 자네도바쁜몸이지만한번찾아가서이소식을전하여주기를바라네 자－그러면만나는날그때까지평안히－ ×로부터…….

나의지난날의일은말갛게 잊어주어야하겠다 나조차도그것을잊으려하는것이나 자살은몇번이나 나를찾아왔다 그러나 나는죽을수없었다.

나는 얼마동안자그마한 한광명을다시금볼수있었다 그러나그것도 전연얼마동안에지나지아니하였다 그러나 또한번나에게자살이찾아왔을때에 나는내가여전히 죽을수없는것을잘알면서도 참으로죽을것을몇번이나생각하였다. 그만큼이번에 나를찾아온자살은 나에게있어 본질적이요 치명적이었기때문이다.

나는 전연실망가운데있다 지금에 나의 이무서운생활이 노 위에 선 도승사(渡繩師) 의모양과같이 나를지지하고있다.

모든것이 다 하나도무섭지아니한것이없다 그가운데에도이 「죽을수도없는실망」은 가장큰좌표에있을것이다.

나에게 나의일생에다시없는행운이돌아올수만있다하면 내가자살할수있을때도있을것이다 그순간까지는 나는죽지못하는실망과살지못하는복수—이속에서 호흡을 계속할것이다.
나는지금희망한다 그것은살겠다는희망도 죽겠다는희망도아무것도아니다 다만 이무서운기록을다써서마치기전에는 나의그최후에 내가차지할행운은찾아와주지말았음녀하는것이다 무서운기록이다.
펜은나의최후의칼이다.

—1930, 4, 26, 어의주통공사장(於義州通工事場)—

(이 ○)

어데로가나?

사람은다길을걷고있다 그러므로 그들은어디로인지가고있다 어디로가나?

광맥을찾으려는것같은사람이있는가함녀산보하는사람도있다.

세상은어둡고험준하다 그러므로그들은헤매인다 탐험가 나산보자 나다같이—

사람은다길을걷는다 간다 그러나가는데는없다 인생은암야의장단없는산보이다.

그들은오랫동안의적응 으로하여 올빼미와같은눈

을얻었다 다똑같다.

그들은끝없이목마르다 그들은끝없이구한다 그리고그들은끝없이 고른다.(擇)

이「고름」이라는것이 그들이가지고나온 모든것들가운데 가장좋은것이면서도 가장나쁨것이다.

이암야에서도 끝까지쫓겨난사람이있다 그는어떠한것어떠한방법으로도 구제되지않는다.

-선혈이임리(淋漓)[17]한복는시작된다 영원히끝나지 않 는 복 수를- 피-밑 없는학대의함정-

× × ×

사람에게는교통이없다 그는지구 권위에서도그대로학대받았다 그의고기를전부조려서애(愛)라는공물(供物)을만들어 사람들앞에눈물흘리며도보았다 그러나모든것은 더한층 그를학대하고쫓아내었을뿐이었다.

「가자! 잊어버리고가자!」

그는몇번이나 자살을꾀하여보았던가 그러나그는

17) 임리: 피, 땀, 물 따위의 액체가 흘러 흥건한 모양.

이나날이진(濃)하여만가는복수의불길을가슴에품은채 싱겁게가버릴수는없었다.

「내뼈끝까지다갈려없어지는한이있더라도 ― 그때에는내정령 혼자서라도―」

그의갈리는이빨 사이에서는뇌장(腦漿)을갈아마실듯한쇳소리와피륙(皮肉)을말아올릴듯한회오리바람이일어났다.

그의반생을두고 (아마) 하여내려오던 무위한애(愛)의산보는끝났다.

그는 그의몽롱한과거를회고하여보며 그눈먼산보를조소하였다 그리고 그의앞에일직선으로뻗쳐있는목표가진길을바라보며 득의(得意)의웃음을 완이(莞爾)[18]히 웃었다.

× × ×

닦아도닦아도유리창에는성에가슬었다 그럴수록그는자주닦았고 자주닦으면 성에는자꾸슬었다 그래도그는얼마든지닦았다.

---

18) 완이: 빙그레 웃는 모양.

승강장찬바람속에옷고름을날리며섰다가 처음들어왔을때에는퍽도따스하더니 그것도 삽시간이요발밑에「스팀」은자꾸식어만가는지 삼등객차 안은가끔소름이끼칠만치서늘하였다.

가방을 겨우다나[19]위에다얹고 앉기는앉았으나그의마음은종시앉지않았다 그의눈은 유리창의서는성에가닦아도서고또닦아도또서듯이 씻어도솟고 또씻어도솟는눈물로축였다 그는이까닭모를눈물이 이상하였다 그런것도 그의눈물의원한인이었는지도모른다.

젖은눈으로흐린풍경을보지아니하려눈물과성에를쉴새없이번갈아닦아가며 그는창밖을내가보기에주린듯이 탐하였다 모든것이 이상하게만할뿐이었다.

「어찌이렇게하나도이상한것잉벗을까? 아!」 그에게는이것이 이상한것이었다.

하염없는눈물을흘려서 그는그의백사지(白砂地)된뇌와심장을조상하였다.

---

19) 다나(たな): '선반'을 뜻하는 일본어.

회색으로흐린하늘에 소리없는까마귀떼가 몽롱한 북망산욺나점찍으며 감도는모양―그냥세상끝까지라도 닿아있을듯이겹친데 또겹쳐져누워있는적갈색의벗어진산들의자비(慈悲)스러운곡선 ― 이런것들이 그의흥미를일게하지않는것도 아니었다 그러나 이런것들도 도무지이상치아니한것이 그에게는 도무지 이상하였다.

이러한가운데에도 그는 그의눈과유리창을닦기를게을리하지않았다.

「남의것을 왜―거저먹으려고그러는것일까」

그는 「따개꾼」을생각하여보았다.

「남의것을거저―남의것을―거저―」

그는또자기를생각하여보았다.

「남의것을거저―나는남의것을거저갖지않았느냐―비록그사람은죽어서 이세상에있지않다하더라도―그의유서가그것을허락하였다할지라도―그의유산의전부를차지하여도 조금도거리낌이없을만치 그와나는친한사이였다하더라도―나는 그의허고많은 유산을그저차지하지않았느냐 남의것을―그는아무리

친한사이라하더라도 남이다—남의것을거저 나는그의유산의전부를—사회사업에반드시 바쳤어야옳은 것을—남의것이다—상속이유언된유산—거저—사회사업—남의것—」

그의머리는어지러웠다.

「고요한따개꾼—체면있는따개꾼!」

그러나그는성에설은유리창을닦는것과같이 그의주머니속에들어있는 「돈」의종이조각—수형(手形)[20]을어루만져보기를때때로하는것도 잊어버리지는않앗다.

발끝에서올라오는추위와 피곤—머리끝에서 내려오는산란과피곤—그것은복부(腹部)에서충돌되어서는 시장함으로표시되었다 한조각의마른 「빵」을씹어본다음에 그는 물도마시지아니하였다 오줌누러가는것이 귀찮아서—

먹은것이라고는새벽녘에도 역시마른빵한조각밖에는없다 그때도역시 물은마시지않았다.

---

20) 수형: 어음.

그런데 그는벌써변소에를몇번이고갔는지모른다 절름발이를이끌고 사람비비대는차안의좁은틈을헤쳐가며지나다니기가귀찮았다 이것이괴로웠다 그리하여이번에도 물을마시지아니한것이다 그러나 오줌을수없이－. 그는 이것이 이차안의특유인 미지근한추위땜누이아닌가? 이렇게도 생각해보았다 그는변소에들어서서는 반드시한번씩 그수형(手形)을 꺼내어자세히검사하여보는것도 겸겸하였다.

「오냐－무슨소리를내가듣더라도다시살자」

왼편다리가차차아파올라왔다－결리는것처럼－저리는것처럼－기미(氣味)나쁘게－.

「기후가변하여서－풍토가변하여서－」

사람의배를가르고 그내장을세척(洗滌)하는것은고사하고－사람의썩는다리를절단하는것은고사하고－등에는조그만부스럼에「메스」 한번을대어본일잉볏는 슬플만치풍부한경험을가진훌륭한의사의그는이러한진단을그의아픈다리에다내려도보았다 그래바지아래를걷어올리고아픈다리를내어보았다 바른편다리와는엄청나게훌륭하게 뼈만남게마는 왼편다리는 바다에서솟아올라오는「풍토라른」추위때문인지 죽은사람의그것과같이푸르렀다 거기에몇줄기새파란정맥줄이반투명체가내뵈듯이내보이고있었다 털은어느사이에인지다빠져하나도없고 모공 의자국에는파리똥같은까만점이위축된피부위에일면으로널려있었다 그는그것을「나의것」이니만치 가장친한기분으로언제까지라도 들여다보며갈깔한그면을맛좋게쓸어다듬어주고있었다.

그때에건넌편자리에앉아있던신사는가늘은한숨을섞어혀를한번「쩍」하고 치더니 그자리에서이러서서황황히 어데론지가버렸다.

「내리는게로군－저가방－여보시오저가방」

그는고개를돌이키어 그신사의가는쪽을향하여소리질렀다

「여보시오 저－가방을가지고내리시오－저」

또한번소리쳐보았으나 그신사의모양은 벌써어느곳으로가버렸는지 보이지않았다.「그가생각나서찾으로오도록 나는 저－가방을지켜주리라」

이런생각을 그는한턱쓰는셈으로생각하였다.

「여보인젠 그다리좀내놓지마시오」

「아－참저가방－」

이렇게불식간에대답을한 그는아까자리를떠나어디로갔는지없어졌던그신사가어느틈에인지 다시 그 자리에와앉아있는것을 그제야 겨우보아알았다 신사는또서서히입을열어

「여보나는이제몇정거장남지않았으니 내가내릴때까지는제발 그다리좀내어놓지좀마오!」

「네－하도아프기에 어찌그런가하고좀보았지요 혹시풍토가……」

「풍토? 당신다리는풍토에따라아프기도하고안아프기도하고 그렇소?」

「네－원래 이왼편다리는 다친다리가되어서 조금일기가변하기만하여도 곧아프기가쉬운－신세는볼일다본－그렇지만이를갈고－」

「하하그러면 오－알았소－그왼편－…」

「네－ 그아플적마다 고생이라니어디참－」

「내생각같아서는 그건내생각이지만 그렇게두고고행할것없이병신되기는 다－일반이니 아주잘라버

리는것이좋을것같소 저내가아는사람도하나 그이야기는할것도없소만－어쨌든그것은내생각에는 그렇다는말이니까 자르라고 당신보고－자르라고그러는말은아니요만－하여간그렇다면퍽고생이되겠는데－」

「글쎄 말씀이야좋은말씀이외다만 원아무리 고생이된다하더라도 어떻게제다리를자르는것을제눈으로뻔히보고있을수가있나요?」

「그렇지만 밤낮두고고생하는이보다는낫겠다는말이지요 그것은뭐 어쩌다가 그렇게몸시다쳤단말이요」

「그거요 다 이루말할수있나요 이다리는화태(樺太)[21]에서일할적에 「토록코」와한데 뒹구는바람에 이렇게몹시다친거지요」

「화태?」

신사는잠시의아와놀라는얼굴빛을보인다음에 다시말을이어

「어쩌다가 화태까지나 갔었더란말이요?」

「예서는먹고살수가없고하니까 돈벌러떠난다는것

21) 화태: 사할린.

이마지막천하에땅이선데는사람사는곳이고안사는곳이고안가본데가있나요 이렇게떠돌아다니는게 올해꼭! 가만있자—열일곱해 아니열다섯핸가—어쨌든십여년이지요」

「돈말 많이벌었으면 고만아니오」

「그런데 어디돈이 그렇게벌리나요 한푼—참없습니다 벌기는고만두고굶기를남먹듯했습니다 어머님집떠난지일년도못되어돌아가시고—……」

「하—어머님이—어머님도당신하고같이가서습디까—처자는 그럼다있겠구료」

「웬걸요—처자는집떠나기전에 다—죽었습니다어린것을낳은지—에그게—어쨌든에미가먼저죽으니까죽을밖에요 어머님은아우에게맡기고떠나려고했지만원래 우리형제는의가좋지못한데다가 아우도처자가다있는데다가저처럼이렇게가난하니 어디맡으려고그럽니까」

「아우님은단한분이오?」

「네—그게그렇게의가좋지못하답니다 남이보면부끄러울지경이지요」

「그래시방어떻게해서어디로가는모양이오」

신사의얼굴에는연민의빛이보였다.

「십여년을별짓을다하고 돌아다니다가…참구동안에는죽으려고약까지타놓은일도몇번인지모르지요 세상이다우스꽝스러워서 술 노름으로세우러을보낸일도있고 식당「쿡」노릇을안해보았나 이래뵈여도양요리(洋料理)는그래도못만드는것없이 능란하답니다 일등「쿡」이었었으니까화태에도오랫동안있었지요 그때저는꼭죽는줄만알았는데그래도명이기니까할수없나봐요 이렇게절름발이가되어가면서도여태껏살고있으니 그때그놈들(그는누구라는것도없이이렇게평범히불렀다)이 이다리를막자르려고 뎀비는것들을죽어라하고못자르게했지요 기를쓰고 죽어도그냥죽지내살점을 떼내든지지는않겠다고 이를악물었더니 그놈들이 그래도내억지는못이기겠던지 그냥내버려두었어요 덕택에 시방이모양으로절름발이 신세를 네…가기는제가갈데가있겠습니까아우의집으로가야지요 의가좋으니나쁘지해도한배의동생이요 또십여년만에고향에돌아오는몸이니 반가워하지는

못할지라도 그리싫어하지는않을것같습니다 고향이요 고향은서울…아주서울태생이올시다 서울에는아우하고 또극진히친한친구한사람이있습니다 그저그사람들을믿고시방이렇게가는길이올시다 그렇지만내이를악물고라도」

「그럼그저고향이그리워서 오는모양이구려」

「네－그렇다면 그렇지요 그런데허기는……」

그는별안간에말을멈추는것같이하였다.

「그럼 아마무슨큰수가생겨서오는모양이로구려」

어디까지라도신사의말은 그의급처(急處)를찌르는것이었다.

「수－ 에－수가생겼다면－허기야수라도－」

「아주큰수란말이로구려하…」

두사람은잠시쓰디쓴웃음을웃어보았다.

「다른사람이보면 허잘것없는것일지는몰라도 제게는참튼수치요 허고보니…」

「얘기를좀하구려 그무슨그렇게큰순가」

「얘기를해서무엇하나요?그저그렇게만하시지요 뭐－해도상관은없기는없지만……」

「그 아마 당신께좀꺼리는데가있는게로구려? 그렇다면할수없겠소만 또그렇다고하더라도 내가당신을 천리나만리나따라다닐사람이아니요 또내가무슨경찰서형사나그런사람도아니요 이렇게찻속에서우연히만났다가헤어지고말사람인데 설사일후에또만나는수가있다하더라도 피차에얼굴조차도잊어버릴것이니누가누군지안단말이요 내가또무슨당신의성명을아는것도아니고 상관없지않겠소」

「아－그렇다면야－뭐－제가이야기안한다는까닭은무슨경찰에끌릴무슨사기취재(取才)[22]나했다해서 그러는것이아닙니다 이야기가너무장황해서 또몇정거장안가서 내리신다기에 이야기가중간에끊어지면 하는사람이나듣는사람이나피차재미도없을것같고그래서－」

「그렇게되면 내 이야기끝나는정거장까지더가리다그려－이야기가재미만있다면말이오－」

「네(?)아니－몇정거장을더가서도좋다니 그것이어

22) 취재: 재물을 취함.

똫게하시는말씀인지 저는도무지-」

두사람은또잠깐웃었다 그러나그는놀랐다.

「내여행은 그렇게아무렇게나해도 상관없는여행이란말이오-」

「그렇지만돈을더내셔야않아요」

「돈?하-그래서그렇게놀란모양이로구려! 그건조금도염려할것없소 나는철도국에다니는사람인고로차는돈한푼아니내고라도얼마든지거저탈수있는사람이니까 나는지금볼일로××까지가는길인데 서울에도볼일이있고해서 어디를먼저갈까하고망설이던차에 미안한말이지요만 아까당신의그다리를보고고만××일을먼저보기로한것이오 그렇지만또당신의이야기가 아주썩재미가있어서 중간에서그냥내리기가아깝다면 서울까지가면서 다-듣고 서울일도보고하는것이 좋을듯도하고해서하는말이오」

「네-나는또 철도국 차를거저 그것참좋습니다 차를얼마든지거저-」

이「거저」소리가그의머리에 거머리모양으로묘하게착달라붙어서는 떨어지지아니하였다 아그는잠깐

동안 혼자애쓰지아니하면 아니되었다 억지로 태연한차림을꾸미며 그는얼른입을열었다그러나 그말마디는묘하게굴곡이심하였다 그는유리창이 어느틈에밖이조금도내어다보이지않을만치설은성에를닦기도하여보았다.

「말하자면 횡재 에―횡재― 무엇횡재될것도없지만 또횡재라면 그야―횡재아니라고도할수없지만어쨌든 제가 고생고생끝에동경으로한삼년전에다시돌아왔습니다 게서친구한사람을사귀었는데 그는별사람이아니라제가묵고있던집주인입니다 그사람은저보다도더아무도없는아주고독한사람인데 그여관외에또집도 여러채를가지고있었는데 있는동안에그사람과나는각벼히친한사이가되어 그여관을우리둘이서 경영하여나가게되었습니다 그런데그사람이일전에그만죽었습니다 믿던친구가죽었으니 비록남이었건만어떻게서러운지 아마어머님돌아가실때만큼이나울었습니다 남다른정분을생각하고는장사도제손으로잘지내주었지요 그런데 이제그렇거든요―자―그가떠억―죽고보니까 그의가졌던재산―무엇재산이라고까지는할것은없을는지몰라도하여간 제게는 게서더큰재산은여태－그렇게말할것까지는없을지몰라도 어쨌든 상당히큰돈이니까요－그게어디로가겠느냐 이렇게될것이아니냐 그런말이거든요－」

「그러니까 그것을당신이－슬적 이렇게했다는말인것이요그려 하…… 딴은…참…횡재는…」

「아－ 천만에 제생각에는 그것을죄다 사회사업에기부할생각이었지요물론－」

「그런데 안했다는말이지－」

「그런데 그가죽기전에 벌써－그가저죽을날이가까워오는것을 알고그랬던지 다저에게다상속하도록수속을하여놓고는 유서에다가는떡무엇이라고써놓았는고하니」

「사회사업에기부하라고써－」

「아－그게아니거든요 이것을그대의마음같아서는반드시사회사업에기부할줄믿는다 그러나 죽는사람의소원이니아무쪼록그대로가지고고향으로돌아가서친척친구와함께노후의편안한날을맞고보내도록하라만일그렇지아니하고 내말을어길때에는 나의영혼은

명도에서도그대의몸을우려하여안정 할날이없을것이라고－」

「하－대단히편리한유서로군!당신그창작…」

신사는말을멈추었다 그러나 그의얼굴은 어디까지든지냉소와조롱의빛으로차있었다.

「그래서 그의죽은혼령도위로할겸 저도좀이제는 편안한날을좀보내보기도할겸해서 이렇게돌아오는 길이오…」

「하…그럴듯하거든 그래 대체큰노은얼마나되며 무엇에다쓸모양이오」

「얼마요 많대야실상얼마되지는않습니다 제게는…무얼하겠느냐…먹고살고하는데쓰지요」

「아그래 그저그돈에서자꾸긁어다먹기만할모양이란말이오 사회사업에기부하겠다는사람의 사람은딴사람인모양이로군!」

「그저자꾸긁어다먹기만이야하겠습니까 설마하기는시방계획은크답니다」

「한번다부지게먹어보겠다는말이로구료」

「제게한친구가의사지요 그전에는 그사람도남부

렵지않게상당히살았건만 그부친되는이가미두(米豆)라나요 그런것을해서 우리친구병원까지들어먹었지요 그래시방은 어떤관립병원에 촉탁의로월급생활을하고있다고 그렇게몇해전부터편지거든요 그래서친구좋은일도할겸 또세상에나처럼아픈사람병든사람을위하여 사회사업도할겸－가서 그친구와같이병원을하나낼까하는생각인데요 크기야생각만은－」

「당신은집이나지키려오」

「왜요 저도의사랍니다 친구의그소식을들었대서 그런것은아니지만 내몸이병신이니까 그런지 세상에 허고많은불쌍한사람중에도 병든사람앓는사람처럼불쌍한이는없는것같아서 저도의학을좀배워두었지요」

신사는가벼운미소를얼굴에띄우면서「의학」을배운사람치고는 너무도무식하고유치하고저급인그의말에놀란다는듯이「쩍」「쩍」혀를몇번쳤다.

「그래당신이「의학」을안단말이오」

「네－안다고까지야－그저좀뚱겼지요－가갸거겨－왜그러십니까－어디편찮으신데가있담녀제가시방이라도보아드리겠습니다 있습니까－있으면－」

두사람은 크게소리치며웃었다 차창밖에는 어느사이에날이저물어흐린하늘에가뜩이나음울한기분이떠돌았다 차안에는전등까지도켜졌다 그러나 그들은 그것도깨닫지못하였었다 그는밖을좀내어다보려고 유리창의성에를또닦았다 닦인부분에는밖으로수없는물방울이 마치말못할설움에소리없이우는사람의 빰에묻은몇방울눈물처럼 여기저기에붙어있었다 그것들은차의움직임으로일순후에는곧자취도없이떨어지고 그러면또새로운물방울이 또어느사이에인지와 붙고하여 그물방울은 늘거의같은수효로널려있었다.

「눈이오시는게로군」

두사람은이야기를멈추고 고개를모아창밖을내어다보았다 눈은 「너는서울가니?나는부산간다」하는듯이 옆으로만옆으로만빠르게지나가고있었다 이야기에팔리어 얼마동안은잊었던왼편다리는 여전히— 아까보다도더하게아프고쑤시었다 저렸다 그는그다리를옷바깥으로내리쓸다듬으며 순식간에 「쉿」소리를내이며입에군침을한모금이나 꿀덕삼켰다 그침은 몸시도끈적끈적한것으로마치 「콘덴스드밀크」[23]나엿을삼기는기분이었다 신사는양미간에 조고만내천(川자)를그린채그모양을한참이나 내려다보고앉았더니별안간쾌활한어조 로바꾸어입을열었다.

「의사 가다리를앓는것은희귀한일이로군!」

「제똥구린줄은모른다고!」

두사람은 이전보다도더크게소리쳐웃엇다 그웃음은추위에원기를지질리운차안의승객들의멍멍한귀에벽력같은파동을주었음인지 그들은이웃음소리의발원지를향하여일제히고개를돌렸다 두사람은이모든시선의화살에살이간지러웠다 그리하여고개를다시창쪽을향하여보았다가다시또숙여도보았다.

얼마만에 그가고개를돌리었을때통로 건너편에그를향하여앉아있는젊은여자하나는수건으로얼굴을가린채고개를푹수그리고있는것을 그는발견할수있었다.

「우나?—무슨말못할사정이있는게지—누구와생이별이라도한게지!」

그는이런유치한생각도하여보았다.

---

23) 콘덴스드 밀크(condensed milk): 연유.

「그러면 그돈을시방단신의몸에지니고있겠구려 그렇지않으면!」

신사의이말소리에 그는졸도할듯이 나로돌아왔다 그순간에그의머리에는전광(電光) 같은그무엇이떠도는것이있었다.

「아—니오 벌써아우 친구에게보냈어요 그런것을 이렇게몸에다지니고다닐수가있나요」

하며 그는그수형(手形)이든윗포켙의것을손바닥으로가만히어루만져보았다 한장의종이를쓰고또싸고몇겹이나쌌던지그의손바닥에는 풍부한질량의쾌감이느껴졌다 그의입안에는만족과안심의미소가맵돌았다.

차안은제법어두워졌다(그것은 더욱이창밖이었을는지도모르나 지금에그의세계는이차안이었으므로이다) 생각없이그는아까 그가바라보던젊은여자의 안장있는곳으로 머리를돌려보았다 그때에여자는들었던 얼굴을놀란듯이얼른숙이고는수건으로가려버리었다 더욱놀란것은 그였다.

「흥— 원 도무지 별일이로군!」

그는군입을다셔보았다 창밖에는희미한가운데에

도 수없는전등이우는눈으로보는별들과도같이 이지러져번쩍이고있었다.

「서울이 아마가까운게로군요」

「가까운게아니라 예가서울이오」

그는이빈약한창밖풍경 에놀랐다.

「서울! 서울! 기여코—어디내 이를갈고—」

그는이「이를갈고」소리를벌써 볓번이나하였든지 모른다 그러나자기도또듣는사람도 그것이무슨뜻인지 어찌하겠다는소리인지깨달을수없었다 차안은이제극도로식어온것이었다 그는별안간「시베리아」철도를타면아니어떠할까하는밑도끝도없는생각을하여보기도하였다.

사람들은 모두 부시럭부시럭일어났다 그도얼른변소에를안전하도록다녀온다음신사의조력을얻어「다나」위의가방을내렸다 그리고 그것을 바른손아귀에꽉쥐고서 내릴준비를하였다 차는벌써역구내에들어왔는지 무수한검고무거운화물차사이를서서히걷고있는것이었다.

차는「치—ㄱ」소리를 지르며 졸도할만치큰기적소

리를한번울리고는 「승강장」에닿았다 소란한천지는 시작되었다

그는잊어버리지아니하고 그여자의있던곳을또한번돌아다보았다 그러나 그때에는그여자는반대편문으로나가섰기때문에 그는여자의등과머리뒤모양밖에는볼수없었다.

「에- 그러나 도무지-이렇게기억안되는얼굴은처음보겠어 불완전불완전!」

그는밀려나가며 이런생각도하여보았다 그여자의 잠깐본얼굴을 아무리 다시그의머릿속에 나타내어 보려하였으나종시정돈되지아니하는채희미하게맴돌고있을뿐이었다 아픈다리 차안의추위에몹시식은다리를 이끌고 사람틈에 그럭저럭밀려나가는 그의머리는 이러한쓸데없는초조로불끈화가나서어지러운것이었다.

승강대를내릴때에 그는그신사손목을한번잡아보았다 아픈다리를가지고내리는데 신사의힘을빈다는 것처럼 그러나그것은 그가무엇인지유혹하여지는것이있었기때문이었다 쥐고보았으나 그는할아무말도

생각나지아니하였다 그는잠깐머뭇머뭇하였다.

「저－오늘이며칠입니까?」

「십이월십이일!」

「십이월십이일! 네－십이월십이일!」

신사의손목을쥔채 그는이렇게중얼거려보았다 순식간에 신사의모양은잡답한사람속으로자라졌다.

그는찾고또찾았다 그러나누구인지알지못할사람이 그의손목을달려잡았을때까지 그는아무도찾지는못하였다 희미한전등밑에우쭐대는사람들의 얼굴은한결같이다똑같은것만같았다 그는그의손목을잡는사람의얼굴을 거의저절로내려다보았다.

그러나－눈－코－입－.

「하… 두개의눈－한개씩의코와입!」

소리안나는웃음을혼자서웃었다눈을뜬채!

「×군! 아! 하! 이거얼마만이십니까 －얼마－에－얼마만인가－」

그의눈에는그대로눈물이고였다.

「M군! 분명히 M군이시지요! 그렇지?」

침묵…이부득이한침묵이 두사람사이를아니찾아

올수없었다…입을꽉다문채그는눈물에흐린눈으로 M군의옷으로신발로또옷으로이렇게보기를오르내리었다 그의머리(?)에가까운곳에는(?) 이상한생각(같은것)이떠올랐다.

「M군…그M군은나의친구였다 분명이역시」

M군보다 키는 차라리그가더컸다 그러나 그가군을바라보는것은 분명히 『치어다보는것』이었다 그의이모순된눈에서는 눈물이그대로쏟아지기만하였다－어느때까지라도－

군중의잡다한소음은하나도 그리귀에느껴지지않았던것을물론이다－그리고그뿐만아니라 그의눈이초점을잃어버렸던것도,

「차라리 아까그신사나따라갈것을」

전광같은생각이또떠올랐다 그때그는그의귀가「형님」소리를몇번이나 『들었던기억』까지쫓아버렸다.

「차라리－아－」

「이사람들이나를기다리었던가－아－」

모든것은다간다 가는것은어언간것이다 그에게있어서도모든것은벌써다간것이었다.

다만— 그리고는 오지아니하면아니될것이 그뒤를 이어서 『가기위하여』 줄대어오고있을뿐이었다.

「아—갔구나— 간것은없는것만도못한『없는것』이다—모—든—…」

그는M군과T씨와 그리고T씨의아들「업」…이세사람의손목을번갈아한번씩쥐어보았다 어느것이나다 뺏뺏하고 핏기없이마른것이었다.

「아우야—T—

조카—업—네가업이지—…」

그들도 그의눈물을보았다 그리고어두운낯빛에아무말들도없었다 간단한해석을내린것이었다.

「바깥에는눈이오지?」

「떨어지면녹고—떨어지면녹고그러니까뭐」

떨어지면녹고—그에게는오직 눈만이그런것도아닐것같았다—그리고비유할곳없는자기의몸을생각하여도보았다.

네사람은걷기를시작하였다—어느틈에인지그는 『업』의손목을꽉잡고있었다.

「네얼굴이 그렇게잘생긴것은—최상의행복이오

동시에최하의불행이다」

그는업의붉게익은두뺨부터 코밑의인중을한참이 나훔쳐보았다. 그곳은 그를만든 신(神)이마지막새 끼손가락을떼인자리인것만같았다.

도영(倒影)[24] 되는가로등과 「헤드라이트」는눈물에 젖은그의눈속에 이중적으로재현되어있는것같았다.

× × ×

T씨의집에서이것저것맛있는음식을시켜다먹었다 그자리에M군도있었던것은물론이다 자리는어리석 기쉬웠다 그래그는입을열었다.

「오래간만에오고보니－그것도그래－만나고보면 할말도없거든－사람이란도무지이상한것이거든－얼 싸안고한－두어－시간뒹굴것같이－하기야－그렇지 만－떡－당하고보면그저한량없이반갑다뿐이지 － 또별무슨－」

자기말이자기눈에띄울때처럼싱거운때는없다.

그는이렇게늘어놓는동안에 『자기말이자기눈에띄

24) 도영: 거꾸로 촬영한 모양.

웠』다자리는또어리석어갔다.

「이세상에병어리나 귀머거리처럼-어쨌든 그런 병신이차라리나을것이야-」

이런말을하고나서보니 너무지나친말인것도같았던것이눈에띄었다. 그는멈칫했다.

「×군- 말끝에말이지-그래도눈먼장님은아니니까 자네편지는자세히보아서아네 자네도이제고생끝에낙이나느라고-하기는우리같은사람도자네덕을입지않나! 하……」

M군의이 말끝에웃음은너무나기교적이었다 차라리웃을만하였다.

「웃을만한희극(喜劇)!」

그는누구의이런말을새각하여보았다 그리고M군의이웃음이정히 그것에해당치않는것인가도생각하여보았다. 그리고속으로웃었다.

「형님언제나 심평[25]이필까『필까』했더니…이제는나도기지개좀펴겠소-허…」

---

25) 심평: 이해관계를 따져 셈을 쳐보는 생각, 또는 생활의 형편.

이렇게도모든 『웃을만한희극』은자꾸만일어났다.

「하…! 하…!」

그는나가는데맡겨서 그대로막웃어버렸다 눈감고 칼쌈하는세사람처럼 관계도없는세가지웃음이서로 어우러져서 스치고 부딪고 맞닿치는꼴은 『웃을만한』 희극중에도진기한광경이었다.

열한시쯤하여 M군은돌아갔다 그리고나서그는곧 자리에쓰러졌다 곧깊은꿈속으로떨어진 그는여러날 만에극도로피곤한그의몸을처음으로편안히쉬이게하였다.

얼마를잤는지(그것은하여간그에게는며칠동안만 같았다) 귀가간지러움을견디다못하여억지로깨었다 깨이고난그는그의귀가 그렇게간지러웠던까닭이무엇이었던가를찾아보았으나어두컴컴한방안에는 아무것도집어내일것이없었다.

「꿈을꾸엇나－그럼－」

꿈이었던가 아니었던가를생각하여보는동안에 그의의식은일순간에명료하여졌다 따라서그의귀도그것이무엇인가를구분해내일만치 정확히간지러움을

가만히느끼고있었다.

「시계소리-밤(夜) 소리(그런것이있다면)-그리고-그리고-」

분명히퉁소소리다.

「이럴내가아니다」

그러나 그의마음은알수없이감상적으로변하여갔다 무엇이이렇겜나들까를생각하여보았으나 알수없었다 얼마동안이나어두침침한공간속에서 초첨잃은두눈을유희시키다가 별안간그는 「퉁소의크기는얼마나될까」를생각해보았다 그의생각에는그퉁소의크기는그가집고다니는「스틱」기럭이만할것같았다 그렇지아니하면 저런굵은엷은소리가날수가없을것같았다 이런생각하여보고나서 그는혼자웃었다.

「아까그신사나따라갈것을! 차라리!」

어찌하여이런생각이들까 그는몇번이나 생각하여보았다 M군과 T는나를얼마나반가워하여주었느냐-나는눈물을흘리기까지하지아니하였느냐-M군과T는나에게얼마나큰기대를가지고 있지아니하냐-나는-그들을믿고-오직-이곳에돌아온것이아니냐-.

「아— 확실히 그들은나를반가워하고있음에 틀림은없을까? 나는지금어디로들어가느냐」

그는지금그윽한곳으로 통하여있는—그그윽한곳에는행복이 있을지불행이있을지는 모른다—층계를 한단한단디디며 올라가고있는것만같았다.

그의가슴은알지못할것으로꽉차있었다 그것을그가의식할때에 그는그것이무엇인가를황황히들여다본다 그때에그는이때까지무엇에인지 꽉채워져있는것같던 그의가슴속은아무것도없이텅비인것으로 그의눈앞에나타난다.

「아무것도없었구나—역시」

그가다시고개를들었을때에는비인것으로만알아졌던 그의가슴속은 역시무엇으로인지차있는것을 다시느껴지는것이었다.

모든것이모순이다 그러나모순된것이 이세상에있는것만큼모순이라는것은진리다 모순은그것이모순된것이아니다 다만모순된모양으로되어있는진리의한형식이다.

「나는 그들을반가워하여야만한다—나는그들을믿

어오지아니하였느냐? 그렇다확실히나는그들입나가웠다 —아—나는그들을믿어—야한다—아니다 나는벌써그들을믿어온지오래다—내가참으로그들을반가워하였던가—그것도아니다—반갑지아니하면아니될이경우에는 반가운모양외에아무런모든모양도나에게—이경우에—나타날수는없다—어쨌든반가웠다—」

시계는가느다란소리로네시를쳤다 다음은다시끔찍끔찍한침묵속에잠기고만다 T의코고는소리와 업의가녀린숨소리가들어올뿐이다 그의귀를간지럽히던통소소리는어느사이에인지없어졌다.

「혹시내가속지나않는것일까— 사람은모두다서로속이려고드는것이니까 그러나설마그들이 —나는그들에게진심을비치리라—」

사람은속이려한다 서로서로—그러나 속이려는자기가어언간속고있는것을깨닫지는못하는것이다 —속이는것은쉬운일이다 그러나속는것은더쉬운일이다 — 그점에있어속이는것이란어려운것이다 사람은반성한다 그바성은이러한토대위에선것이므로 그들은그들이속이는것이고 속는것이고 아무것도반성치는못한다.

이때에그도확실히반성하여보는것이었다 그러나 그는아무것도반성할수없었다.

「나는아무도속이지않는다 그대신에아무도나를속일사람은없을것이다－」

그는「반가워하지않음녀안된다 －사랑하지않으면안된다－믿지않으면안된다」등의 「…지않으면안되는의무」를늘생각하고있다 그러나이 「…지않으면안된다」라는것이도덕상에있어 어떠한좌표위에놓여있는것인가를생각해볼수는없었다…따라서 이그의소위 「의무」라는것이 참말의미의 「죄악」과얼마나한거리에떨어져있는것인가를생각해볼수없었는것도물론이다.

사람은도덕의근본성을 고구하기전에우선자기의일신을관념위에세워놓고주위의사물에당한다 그러므로 그들의최후적실망과공허를어느때이고 반드시가져온다 그러나 그것이왔을때에 그가모든근본착오를깨닫는다하여도 때는그에게있어 이미너무늦어졌고야 말고하는것이다.

인류의역사가시작될때부터 사람은얼마나이오류를 반복하여왔던가 이점에있어서인류의정신적진보는 실로가엾을만치지지(遲遲)할것이라고아니할수없다.

「주위를 나의몸으로사랑함으로써 나의일생을바치자…….」

그는이「사랑」이라는것을아무비판도없이실행을「결정」하여버리고말았다.

「그러나 내가아까그신사를따라갔던들? 나는속을는지도무른다 그러나 반드시속을것을보증할사람이누구냐－그신사에게 나의마음과같은참마음이없다는것을보증할사람은또누구냐…」

이러한자기반역도 그에게있어서는관념에상쇄(相殺) 될만큼동볏는극히소규모의거싱었다－집을떠나천애(天涯)를떠다닌지십여년 그는한번도이만큼이라도깊이생각해본적이없었다 그의머리는 냉수에담갔다꺼내인것같이 맑고투명하였다 모든것은 이상하였다.

「밤이라는것은 사람이생각하여야만할시간으로신이사람에게준것이다」

그는새삼스러이밤의신비를느꼈다.

「그여자는 누구며지금쯤은어디가서무엇을생각하고는울고있을까?」

그의눈앞에는 그인상없는여자의얼굴이희미하게떠올랐다 얼굴의평범이라는것은 특히(못생긴편으로라도) 보다얼마나못한것인가를그는그여자의경우에서느꼈다.

「그여자를따라갔어도」

이것은그에게탈선같았다 그리하여 그는생각하기를그쳤다 그는몸괴로운듯이 (사실에) 한번자리속에서돌아누웠다 방안은여전히단조로이시간만삭이고있다 그때그의눈은건너편벽에걸린 조그마한일력(日曆)위에머물렀다.

D E C E M B E R 12

이숫자는확실히 그의일생에있어서기녀하여도 좋을만한(그이상의)것인것같았다.

「무엇하려내가 여기를돌아왔나」

그러나 그곳에는벌써그러한 「이유」를캐어보아야할아무이유도없었다 그는말안듣는몸을억지로가만히일으키었다 그리하고는손을내어밀어일력의 「12」쪽을떼어내었다.

「벌써간지오래다」

머리맡에벗어놓은윗옷의 「포켙」속에서지갑을꺼내어서는그일력쪽을집어넣었다-마치그는정신잃은사람이무의식으로하는꼴로-.

천정을향하여눈을꽉감고누웠다 그의혈관에는이제피가한방울씩두방울씩돌기를시작한것같았다 완전히편안한상태였다.

주위는 침묵속에서단조로운 음악을연주하고있는것같았다.

「생명은의지다」

무의미한자연속에오직자기의생명만이 넘치는힘을 소유한것같은것이 그에게는퍽기뻤다 그때에퍽가까운곳에서닭이홰를「탁탁」몇번겹쳐치더니 청신한목소리로이튿날의첫번울음을울었다 그소리가그에게는얼마나 생명의기쁨과의지의힘을표상하는것같았었는지몰랐다 그는소리안나게속으로마음껏웃었다-.

조금후에는아까 그소리난곳보다도더가까운곳에서 더한층이나우렁찬목소리로의「꼬끼오」가들려왔다 그는더없이기뻤다 어찌할수도없이기뻤다 그가만일춤출수있었다하면그는반드시일어나서 춤추었을것이다 그는견딜수없었다.

「T— T—집에서닭을치나?」

「T—업아—집에서……」

그러나아무대답도없었다 다만T씨의코고는소리와 업의가냘픈숨소리가전과조금도 다름없이계속되고 있을뿐이었다 그곳에는다시아무일도 일어나지아니한때와도로마찬가지롭녀하였다 (사실에아무일이고 일어나지는 않았으나)

「승리! 승리!」

어언간그는또다시괴로운꿈속으로 들어가버렸다…해가미닫이에꽤높았을때까지—

× × ×

아무리그는찾아보았으나 나무도없는마른풀밭에는 천개남나개나한모양의 무던들이일면으로 널려있기만할뿐이었다찾을수없으리라는것을 나서기전부터도모르는것은아니었다그러나 그는나섰다 또찾을수가있었대야아무소용도없을것이었으나 그러나 그의마음가운데에는무엇이나영감이있을것만같았다.

「반가이맞아주겠지! 적어도반갑기는하겠지!」

지팡이를쥔손—손등은바람에터져 새빨간피가플렀으나 손바닥에는 축축이식은땀이배였다 수건을 꺼내어손바닥을닦을때마다 하염없는눈물에젖으눈가와빰을씻는것도 잊지는않았다 눈물은빰에흘러서 그대로 찬바람에 어는지싸늘하였다—두줄기만이더욱이나—

「왜눈물이흐를까—무엇이서러울까?」

그에게는 다만찬바람때문인것만같았다 바람이소리지르며 불때마다 그의눈은더한층이나젖었다 키작은잔디의벌판은소리날것도없이 다만바람과바람이서로어여드는칼날같은비명이있을뿐이었다.

해가훨씬높았을때가지 그는그대로헤매었다 손바닥의땀과눈의눈물을 한번씩더씻어 내인다음그는아무데이고그럴법한자리에가앉았다.

그곳에도한개의 큰무덤과그옆에작은무덤이 어깨

를마주대인것처럼놓여있었다 그는한참동안이나 물끄러미그것을내려다보았다.

「세상에 또나와같이 젊은아내와어린자식을한꺼번에갖다파묻은사람이또있는가보다」

그는 그러한남과 이러한자기를비교하여보았다.

「그러한사람도있다면 그사람도지금은나같이세상을떠돌아다닐터이지 그리고또지금쯤은벌써 그사람도죽어세상에서없어져버렸는지도모르지」

그는자기가지금무엇하러이곳에왔는지몰랐다 반가워하여주는사람이없는것은그래도고사하고라도 그에겝나가운것의마우것을찾을수도없었다 이렇게 마른풀밭에앉아있는그의모양이그의눈으로도「남이보이듯이」보이는것같았다.

「가자－가－이곳에 오래있을필요는없다 －아니처음부터올필요도없다－

사람은살아야만한다－ 그러다가어느날이고반드시죽고야말것이다－그러나사람은 어디까지라도살아야만할것이다.

죽는것은사람의사는것을없이하는것이므로 사람

에게는중대한일이겠다－죽는것－죽는것－과연죽는 것이란사람이사는가운데에는 가장 두려운것이다－ 그러나－

죽는것은사는것의크나큰한부분이겠으나 그러나 죽는것은벌써사는것과는아무관계도없는것이다 사람은죽는것에철저하여야할것이다 그러나죽는것에는 벌써눈이라도주어볼값도 없어지는것이다.

죽는것에대한미적지근한미련은 깨끗이버리자－그리하여죽는것에철저하도록힘차게살아볼것이다－」

인생은결코실험이아니다 실행이다.

사람은놀랄만한긴장속에서일각(一角)의 여유조차도가지지아니하였다.

「보아라 이언덕에널려있느수도없는무덤들을 그들이대체무엇이냐, 그것들은모든점에있어서 무(無)이하의것이다」

해는비칠땅을가졌음으로행복이다 그러나땅은해의비침을받는것만으로는행복되지않다 그곳에무엇이있을까

「보아라 해의비침을받고있는저무덤들은 무엇이

행복되랴－해는무엇이행복되며!」

그것은현상이아니다 존재도아니다 의의(意義)없는모양이다(만일이러한말이통할수있다면)

「생성하고 자라나고 살고－아－그리하여해도 땅도비로소행복된것이아니랴!」

그의머리위를비스듬히비춰고있는 그가사십년동안을낱낱이보아오던그해가오늘에있어서는 유달리도숭엄하여보였고 영광에빛나는것만같았다 더욱이나따뜻한것만같았고더욱이나 밝은것만같았다.

십여년전에M군과함께 어린것을파묻고힘없는몸이다시집을향하여갔던이좁고더러운길과 그리고길가의집들은오늘역시조금도변한곳은없었다.

「사람이란 꽤우스운것이야」

그는의식없이발길을아무데로나 죽은것들을피하여옮기었다 어디를어느곳으로헤매이었는지 그가이촌락을들어설수가있었을때에는 세상은벌써어두컴컴한암흑속에잠긴지오래였다.

집에는피곤한사람들의코고는무거운소리가 흐릿한등광(燈光)과함께찢어진들창으로새어나왔다 바람은더한층이나불고 그대로찼다 다쓰러져가는집들이 작은키로늘어선것은 그곳이빈민굴인것을말하는것이었다 그러나 그에게는 그래도이곳이얼마나『사람사는것』같고 따스해보이는지몰랐다.

× × ×

그는 도무지그들의마음을 짐작할수가없었다 어느때에는 그에게무한히호의를보여주는것같이하다가도 또어느때에는쓸쓸하기가짝이없었다 그는도무지갈피를잡을수도조차없었다 일로보아하여간 그들이 그에게무엇이나불평이있는것만은분명하였다 어느날밤에그는그들을모두불렀다 이야기라도같이하여보자는뜻으로

「T! 의가좋으니나쁘니하여도 지금우리에게누가있나 다만우리두형제가있지않나—아주머니(T의아내를그는이렇게불렀다) 그렇지않소 또그리고 업아너도그렇지아니하냐 우리외에설령M군이있다하더라도—하기야 M군은우리들가족과마찬가지로친밀한사이겠지만 그래도M군은『남』이아닌가」

그는여기에말을뚝끊고 한번그들의얼굴들을번갈

아들여다보았다 그들의얼굴에는기쁜표정은없어따
그러나적어도근심스럽거나 어두운표정은아니었다
그리고그뿐만아니라무엇이나 그들은그에게요구하
고있는듯한빛도 어렴풋이볼수있었다.

「자! 우리일을우리끼리의논하지아니하고누구하
고 의논하나 – 나에게는벌써먹은바생각이있어! 그
것은내말하겠으되 – 또자네들께도좋은생각이있으면
나에게말하여주었으면좋겠어 하여간이돈은남의것
이아닌가 남의것을내가억지로(?) 얻은것은 – 죽은
사람의 뜻을어기듯하여가며 이렇게내가차지한것은
다우리들도한번남부럽지않게잘살아보자는생각에서
그런것이아닌가 지금이돈에내것남의것이있을까닭
이없어 내것이라면제각기다내것이될수있겠고 남의
것이라면다각기누구에게나남의것이니까? 자! 내눈
에띄지못한 나에게대한불평이있다든지 또어떻게하
였으면좋겠다든가하는생각이있다든지하거든 우리
가같이서로가르쳐주며 의논하여보는것이좋이아니
한가?」

그는또한번고개를돌려가며 그들의얼굴빛을살펴

보았다 그러나아무변화도찾아낼수는없었다.

「그러면 내가생각하고있다는것을이야기하여보지! 내생각같아서는—이돈을반에탁갈라서 자네하고나하고 반분씩나눠갖는것도 좋을것같으나 기실얼마되지도않는것을또반에나누고말면 더욱이나적어지겠고 무슨일을해볼수도없겠고 그럴것같아서! 생각다생각끝에나는이런생각을했어!」

그의얼굴에는무슨이야기!? 못할것을이야기하는것같은어려운표정이보였다.

「즉반분을하고고만두는것보다도 그것을 그대로가지고같이무슨일이고한번하여보자는말이야 그러는데에는우리는M군의힘도빌수밖에는없어 또우리둘의힘만으로는된다하더라도—생각하면 우리는옛날부터M군의시세를끔찍이져왔으니까 지금은거의가족과마찬가지로친밀한사이가되어있지않은가—그러한사람과함께 협력해보는것도좋지아니할까하는데—또M군은요사이 자네들도아다시피매우곤궁한속에서지내고있지않은가말이야—하면 여지껏신세진은혜도갚아보는셈으로!」

「M군은의사(醫師)이지 하기는나도그생각으로그랬다는것은아니로되 어쨌든 의학공부를약간해둔경력도있고하니－M군의명의(名義)로병원을하나내이는것이어떠할까하는말이거든!－」

그는이말을뚝떨어트린다음 입안에모인군은침을한모금꿀떡삼켰다.

「그야 누구의이름으로하든지상관이야없겠지만－그래도M군은 그방면에있어서는 상당히연조(年條)[26]도있고 또이름도있지않은가－즉그것은우리의편리한점을취하는 방침상그리는것이고－무슨그사람이반드시 전부이주인이라는것은아니거든－그래서는 수입이얼마가되든지삼분하여서나누기로! －어떤가 의향이」

그들의얼굴에는여전히 아무다른표정도찾아낼수는없었다 꽉다물려있는 그들의입을아무리들여다보아도 열릴것같지도않았다.

「자－좋으면좋겠다고 또더좋은방책이있으면 그

26) 연조: 어떤 일에 종사한 햇수.

것을말하여주게! 불만인가—덜좋은가」

방안은고요하다 밖에도아무소리도나지않았다— 벌레소리의한결같은「리듬」 외에는 방안은언제까지라도 침묵이계속하려고만들었다.

그날밤에 그는밤이거의밝도록잠들지못하였다 끝없는생각의줄이뒤를이어서새어나오는것이었다.

「모든사람의일들은불행이다 그러나사람은사람이 그렇게도불행하므로 행복된것이다」

그에게는 불행의최후의쾌미(快味)가알려진것도같았다.

「이대로가자—이대로가는수밖에는아무도리도없다 이제부터는내가여지껏찾아오던『행복』이라는것을찾기도그만두고 다만『삶』을값있겜나들기에만힘쓰자 행복이라는것은없다 —있을가능성이없는것이다—나는이있을수없는것을여지껏찾았다 나는그릇『겨냥』하였다— 그러므로나는확실히『완전한인간의패북자』였다—때는이미늦은것같다 그러나또생각하면때라는것이있을것같지도않다—나는다만삶에대한굳은의지를 가질따름이어야만한다—그삶이라는

것이싸움과슬픔과피로투성이된것이라할지라도－그곳에는불행도없다－다만힘세찬『삶』의의지가그냥그힘을내어휘두르고 있을따름이다」

인간은실로인간외에는아무것도아니었다 그들은얼마나애를썼나 하늘도쌓아보고 지옥도파보았다 그리고신(神)도조각(彫刻)하여보았다 그러나그들은땅이외에 그들의발하나를세울만한곳을찾아내지못하였고 사람이외에그들의반려(伴侶)도찾아낼수없었다－그들은땅위와그리사람들의얼굴들을번갈아바라다보았다 그리고는결국길게한숨쉬었다.

「벗도갈곳도없다－이괴로운몸을그래도 이험악한싸움터에서질질끌고돌아다녀야할것인가－그밖에도리가없다면! 사람아 힘풀린다리라도 최후의힘을주어세워보자 서로서로다같이 또다각기잘싸우자! 이것이다 그리고이것이있을따름이구나－」

그는그의몸이한층이나 더피곤한듯이자리속에한번돌쳐누웠다 피곤함으로부터오는옅은쾌감이 전신에한꺼번에스르르기어올라옴을그는느낄수있었다.

「하여간에 나는우선T의집에서떨어지자(離) 그것

은내가T의집에머물러있는것이 피차에고통을가져
온다는이유로부터하는이보다도―

그까진일로 마음을귀찮게굴어진지한인간투쟁을
방해시킬수는없ㅅ다―」

밤이거의밝게쯤되어서야겨우 그는최후의 결정을
얻었다 설령그가T씨의집을떠난다하여도 그는지금
의형편으로도저혼자살아갈수는없었다 그리하여 그
는M군과함께있기로결정하였다 그리고T씨가좋아
하든지 그의방침대로병원을낸다음 수입은삼분할것
도결정하였다.

지금M군의집은전일의대가를대신하여 눈에띄지도
아니할만한오막살이였다 모든것이결정되는대로병원
가까이 좀큰집을하나산다음 M군의명의로자기도M
군의한가족이될것도결정하였다 또병원을신축하기에
넉넉하다면 아주그건물한모퉁이에다 주택까지겸할
수있도록하여볼까도 생각하였다 그러나 그것은그에
게는될것같지도않게생각되었다.

× × ×

햇해[27]는왔다 그의생활도한층새로운 활기를띠어

오는것같았다 즐겁지도슬프지도않은새해였으나 그에게는다시몹시의미깊은새해였던것만은사실이었다.

—(1930, 5 어의주통공사장(於義州通工事場)—

생물은다즐거웠다 적어도즐거운것같이보였다 그가봄을만났을때 봄을보았을때에죽을힘을다기울려가며긍정하였던「생」이라는것에대한새로운회의와 그에좇는실망이그를찾았다 진행하며있는온갖물상가운데에서그하나만이뒤에떨어져남아있는것만같았다「벌써도태외었을」그를생각하고법칙이라는것의때로의기발한예외를자신에게서느꼈다 그러나그에게는아직도여력(餘力)이있었다 긍정에서부정에항거하는투쟁—최후의피투성이의일전(一戰)이남아있었다 그것은「용납되지않은애(愛)」「눈먼애(愛)」—그것을조건없이세상에현상하는그것이었다.

인간낙선자(落選者)의힘은 오히려클때도있다 봄을보았을때지상에엉키는생(生)을보았을때중대되는

27) 햇해: 새해.

자아이외의열락을보았을때찾아오는자살적절망에충돌당하였을때 그래도그는의연히 차라리더한층생에대한살인적집착과살신성인(殺身成仁)적애(愛)를지불키용감하였다 봄을아니볼수없이볼수밖에없었을때 그는자신을혜성(彗星)이라생가갛여도보았다 그러나그가혜성이기에는너무나광채가없었고너무나무능하였다 다시한번자신을평범이하의인간에내려트려보았을때 그가그렇기에는너무나열락과안정이없었다 이중간적(실로아무것도아닌)불만은더욱이나 그를광란에가깝게 심술내이도록하는것이었다.

× × ×

T씨에관한그의근심은 그가그의생에대한시늧의안으로깊이들어가면들어갈수록커가기만하는것이었다 그원인이 어느곳에있든지는하여간 그가T씨의집을나온것은한낱도의적으로만생각할때에는한「잘못」이라고도할수있겠으나 그의그러한결정적인 동인(動因)에있어서는 추호의「잘못」도쉬이지아니하였다는것은 그가변명할수있을뿐만아니라 나아가역설할수까지있는것이었다 그의인상(人相)이몹시나빼

서그랬든지 M군의가족으로부터도 그는환영받지못하였을뿐만아니라 M군의어린아이들까지도 그를따르지는않았다 그러나 그는그때문에자신의불복을느끼거나 혹은M군의집을떠날생각이나 그까짓것들은 그에게있어별로문제안되는 자기는 그이상더큰악한 문제에조우하여있는것으로만여겼다 밤이면밤마다 자신의실추(失墜)된인생을명상하고 머지아니한병원을아침마다또저녁마다오고가는것이어찌그다지단조할것같았으나 그에게있어서는실로긴장그것이었다 언제나저는다리를이끌고서 홀로그길과그길을 오르내리는것은부근사람들에게한철학적인상까지주는것같았다 그러나누구하나 그에게말한마디나 한번의주의를베풀어보려는사람은없었다.

그는 그러한똑같은모양으로 가끔T씨의집을방문한다 그것은대개는밤이었다 그가넉달동안T씨의문지방을넘어다녔으나 그가T씨를설복할수는없었다.

「오너라 같이가자!」

「형님에게 신세끼치고싶지않소」

그들의회화는일상에이렇게간단하였다 그리고는

그뒤에반드시기다란침묵이끝까지 낑기우고말고는 하였다 때로는그가눈물까지흘리어가며 T씨의소매에매어달려보았으나 T씨의따뜻한대답을얻어들을수는없었다.

× × ×

늦은봄의저녁은어지러웠다 인간과온갖물상과 그리고그런것들사이에 낑기워있는공기까지도나른한난무(亂舞)를하고싶은대로하고있는것만같았다 젖빛하늘은달을중심으로하여타기만만(墮氣滿滿)[28]한폭죽을계속하여방사하고있으며마비된것같은별들은조잡한회화(會話)를계속하고있는것같았다 온갖것들은한참동안만의광란에지쳐서고요하다 그러나대지는넘치는자기열락을이기지못하여 몸비트는것같이저음의아우성소리를그대로 단조로이흐트리고만있는것도같았다 그속에지팡이를의지하여T씨의집으로걸어가는그의모양은 전혀이세계에존재할만한것이아닌만치 타계(他界)에서끼어온괴존재(怪存在)

28) 타기만만: 게으름이 가득한.

라도같았다 물론그자신은그런것을인식할수없었으나(또없었어야할것이다 만일 그가그런것을인식할수있었던들 그가첫째그대로살아있을수가없는것이니까)때로맹렬한기세로그의가슴을습격하는치명적적요(寂寥)는 반드시그것을상징한것이거나 적어도그런것에원인되는것이었다 보는것과듣는것과 그리고생각하는것에피곤한 그의이마위에는 그의마음과살을한데 쥐어짜내어놓은것과도같은 무색투명의땀이몇방울인가엉기웠었다 그는보기싫게절며움직이는다리를잠시동안멈추고 그땀을씻어가면서는「후－」한숨을쉬었다.

「아－인생은극도로피로하였다」

T씨의문지방을그는그날밤에또한넘어섰다 그리고는세상의모든것을다－사양하는듯한열은목소리로「업이야－업이야」를불렀다

T씨는 아직 일터에서돌아오지아니하였었다 업이도어디를나갔는지보이지아니하였다 T씨의아내만이희미한불밑에서헐어빠진옷자락을주무르고앉아있었다 편리하지아니한침묵이어데까지라도 두사람의

사이에심연을지었다 그는생각과생각끝에준비하였던주머니의돈을꺼내어T씨의아내의앞에놓았다.

「자－그만하면－그만큼이나하였음녀 나의정성을 생각해주실게요－자－」

몇번이었든가 이러한 그의피와정성을한데뭉치어(그정성은오로지T씨한사람에게향하여바치는정성이었다느니보다도 그가인간전체에게눈물로노헌상하는과연살신적정성이었다) T씨들의앞에드린이돈이그의손으로다시금쫓끼워돌아온것이 헤아려서몇번이었던가 그여러번가운데T씨들이그것을받기만이라도한일이단한번이라도있었던가 그러나참으로개(犬)와같이충실한 그는이것을바치기를 잊어버리지는아니하였다 일어나는반감(反感)의힘보다도 자기의마음의부족하였음과수만의무능하였음을 회오(悔悟)하는힘이도리어더컸던것이다.

T씨의아내는주무르던옷자락을한편에놓고 핏기없는두팔을아래로축처드리었다 그러나입은열릴것같기도하면서한마디의말은없었다,

「자－ 그만하였으면－ 자－」

두사람의고개는말없는사이에수그러졌다 그의눈에서굵다란눈물이일어뚝뚝떠졌을때에T씨의아내의눈에서도그만못지아니한눈물이흘렀다 대기는여전히단조로이울었다.

「자– 그만하면–」

「네–」

그대로계속되는침묵이 그들의주위의모든것을점령하였다.

× × ×

그가 일어서자T씨가들어왔다 그는나가려던발길을멈칫하였다 형제의시선은마주친채잠시동안계속하였다 그사이에그는T씨의안면전체에서부터 퍼져나오는강한술의취기를인식할수있었다.

「T!내마음이그르지않은것을알아다고!」

「하… 하…」

T씨는 그대로얼마든지웃고만서있었다 몸의땀내와입의술내를맡을수없이퍼뜨리면서!

「T야… 네가내말을이렇게나 안들을것은무엇이냐? T!나의…」

「자이것을좀보이소!형님!이팔뚝을!」

「본다면!」

「아직도내팔로내가…하… 굶어죽을까봐그리근심이시오?하…」

T씨가팔뚝을걷어든채 그의얼굴을뚫어질듯이들여다볼때그의고개는아니수그러질수없었다.

「T!나는지금집으로 도로가는길이다－어쨌든 오늘저녁에라도좀더깊이생각하여보아라」

아직도초저녁거리로 그가나섰을때에 그는T씨의아직도선웃음소리를 그의뒤에서들을수있었다 걷는사이에 그는무엇인가여지껏걸어오던길에서 어떤다른터진길로나올수있었는것과같은감을느꼈다 그러나또한생각하여보면 그가새로나온그터진길이라는것종래의길과는 그다지다름없는 협착하고괴벽한길이라는것같은 느낌도느껴졌다.

× × ×

C라는간호부에게대하여 그는처음부터적지않게마음을이끌리어왔다 그가C간호부에게대하여 소위호기심이라는것은결코 이성적그어떤것이아닐것은

말할것도없다 그가C간호부의얼굴을마주할때마다 그는이상한기분이날적도있었다.

「도무지어디서-본듯해-」

C는일상그와가까이있었다 일상에말이없이침울한기분의여자였다 언제나축축이젖은것같은눈이 아래로깔리워서는무엇인가 깊은명상에잠기어있었다 그러다가는묵묵히잡고만있던일거리도 한데로제쳐놓고는 곱게살속으로분이숨어들거간얼굴을 두손으로가리우고는 그대로고개를숙여버리고는하는것이다 더욱 그두손으로얼굴을가리울때

「어디서본듯해-도무지」

생각날듯날듯하면서도종시 그에게는생각나지아니하였다 다른사람들에게 생소한C가그에게마는 친밀의뜻을보여주고있는것도같았으나 각별히간절한회화한번이라도 바꾸어본일은없었다 늘그의앎에서가장순종하고 머리숙이고일하고있었다.

첫여름의낮은땅위의초목들까지도 피곤의빛을보이고있었다 창밖으로내려다보이는 종횡으로불규칙하게얽히운길들은 축축한생기라고는조금도찾아볼

수는없고 메마른먼지가「포플러」머리의흔들릴적마다 일고일고하는것이 마치극도로쇠약한병자가 병상위에서 가끔토하는습기없는입김과도같이보였다고 색창연한늙은도시(都市)의부정연한건축물사이에 소밀도(疏密度)로낑기어있는공기까지도 졸음졸고있는것같이병-하니보였다 C는건넌편책상에의지하여 무슨책인지열심으로읽고있었다 그는신문조각을뒤적거리다가급기졸고앉아있었다 피곤해빠진인생을생각할때 그의졸음조는것도당연한일이었다.

「선생님!조십니까? 아-저도!」

그목소리도역시피곤한 한인생의졸음조는목소리에지나지않았다.

「선생님!선생님!선생님!선생님!」

최면술사가 어슴프레한전등밑에서 한사람에게무슨한마디이고를무한히 시진(澌盡)[29]하도록「레피-트」[30]시키고있는것과도같이 꿈속같이고요하고어슴푸레하였다.

29) 시진: 기운이 빠져 없어짐.
30) 레피트(repeat): 반복.

「선생님!선생님!저도한때는신이라는것을 믿었던 일이있답니다!」

「…….」

「선생님!신은있는것입니까?있을수있는것입니까? 있어도관계치않은것입니까?」

「…흥 …C씨! …소설에그런말이있습니까?」

「여기서도!그들은신을믿으려고애를쓰고있습니다 그려!한때의저와같이!」

「…….」

또한졸음조는것같은 침묵이그사이에한참이나놓여있었다「앵두자두－버찌」어린장사의목소리가 자꾸만－그들의쉬려는 귀를귀찮게굴고있었다.

「선생님!저를선생님의곁에다－제가있고싶어하는 때까지두어주시지요」

「그것은?그러면?그렇다면?」

「선생님!선생니은저를전혀모르셔도 저는선생님을잘알고있습니다」

그의들려던잠은 일시에냉수끼얹은것같이 깨워져버리고말았다.

「즉!안다면!」

「선생님!팔년!—어쨌든그전—명고옥의생활을기억하십니까?」

「명고옥?—하—명고옥?」

「선생님!제가—죽은××의아우올습니다」

「응!××?그—아!」

고향을떠나 두형매(兄妹)는오랜동안유랑의 생활을계속하였다죽음으로만다가가는 그들을찾아오는 극도의곤궁은 과연그들에게는차라리 죽음만같지못한바른(正)삶이었다 차차움돋기시작하는세상에대한조소(嘲笑)와증오는드디어그들의인간성까지도 변형시키어놓지않고는마지아니하였다××는그의본명은아니었다 그가이십이조금넘었을때 그는극도의주림을이기지못하여 남의대야한개를훔친일이있었다 물론일순간후에는무한히참회의눈물을흐렸었으나 한번엎질러놓은물은 다시어찌할수도없었다 첫째로법의눈을피한다는이보다도 여지껏의자기를깨끗이장사지낸다는의미아래에서자기의본명을버린다음 지금의××라는이름을가지게된것이다 청정

된새로운생활을영위하여나아가기위하여 어린누이의C를이끌고그의발길이돌아들어선다는곳이 곧명고옥－×－그이삼년외국생활을겪어보던그식당이었다 우연한인연으로만난 이두신생에발길들여 놓은인간들은곧 가장친밀한우인이되었었다.

「첨회!자기가자기의과거의죄악에대하여 참으로첨회의눈물을흘렸다함녀 그는그의지은죄에대하여속죄받을수있을까?」

그는××로부터일상에이러한말을 침울한얼굴로하고는하는것을들었다.

「만인의신은없다 그러나자기의신은있다」

그는늘이러한대답을하여왔었다.

「지금이라도 내가그대야를가지고 그주인앞에엎드려 울며사죄한다면 그주인은나를용서할것인가? 신까지도나를용서할것인가」

어느밤에××는자기가 도적하였었다는것과같은모양이라는대야를한개사가지고 돌아온일까지도있었다 ××의얼굴에는취소할수없는 어두운구름이가득끼어있는것을 그는볼수있었다.

「아무리생가갛여도－이상처를두고두고잃는것보다는－××!내일은내가그주인을찾아가겠고 그리고는그앒에서울어보겠소?」

그는죽을힘을다하여××를말리었다.

「이왕이처럼새로운생활을하기시작하여놓은이상－이렇게하는것은자기를옛날그죄악의속으로 다시돌려보내는것이되지않을까!참회가있는사람에게는그순간에벌써모든것으로부터용서받아서!지난날을추억하는이보다는 새생활을근심할것이야!」

××의친구중에A라는대학생이있었다 C는A에게부탁되어있었다 A는아직도 나이어린C였으나 은근히장래의자기아내만들것까지도생각하고있었다 C도A를극히따르고 존경하여인류의깊은정의를맺고있었다.

늦은가을하늘이맑게갠어느날××와A는엽총을어깨에－들거운수렵의하루를 어느깊은산중에서같이보내게되었다 운명은악희라고만은 보아버릴수없는악희를감히시작하였으니 A의견양대인탄환은××의급처에명중하고말았다모든일은꿈이아니었다 기막힌현실일뿐이랴!!어떻게할수도없는엄연한과거였다 A는며칠의유치장생활을한다음 머리깎은채어디로인지종적을감춘후 이세상에서 그의소식을아는사람은한사람도없게 그의자취는 이세상에서사라져버리고말았다 일시에두사람을잃어버린C는 A가우편으로보내준얼마의돈을수중에한다음 그대로넓은벌판에발길을들여놓았다.

「그동안칠년—팔년의저의삶에대하여서 어떤국어로이야기할수있겠습니까」

이곳까지이야기한C의눈에는 몇방울의눈물이분먹은뺨에가느다란두줄의길을 내어놓고까지있었다.

「제가선생니을뵈옵기는 오라버님을뵈러갔을때 몇번밖에는없습니다—그러나제가생각해도 이상히 선생님의얼굴만은 저의기억에가장인상깊은 그이었나보아요!」

이곳까지들은그는 여지껏꼼짝할수도없이막히었던 그의호흡을비로소회복한듯이 기다란심호흡을한번쉬었다.

「C씨— 그래 그A씨는 그후한번도만나지못하셨소?」

「선생님!제가누가있겠습니까!이렇게천하를헤매

는것도A씨를찾아보겠다는일념입니다 — A씨는벌써 죽었는지도모릅니다 — 다행히오늘 — 돌아가신오라버님의기념처럼×선생님을이렇게만나모시게되니 — 선생님아무쪼록죽은오라버님을생각하시고저는선생님곁에제가싫증나는날까지 주어주세요 제가싫증이났을때에는 또 — 선생님가엾은이새(鳥)를저가고싶은대로 가게내버려둬주세요 저는……」

수그러지는고개에두손이올라가가리워질때에

「도무지어디서본듯해!」

그기억은아무리생각하여도 명고옥에서의기억은 아니었고분명히다른어느곳에서의기억에틀림없는것이었다 그러나종시그의기억에떠올라오지는아니하였다.

「선생님!A씨나오라버님이나 — 그들을위해서라도 저는죽을힘을다하여신을믿어보려고하였습니다 그러나지금은신의존재커녕은 신의존재의가능성까지도의심합니다」

「만인을위한신은없습니다 그러나자기한사람의신은누구나있습니다」

창밖의길먼지속에서는 구세군행려도(行旅徒)의복음과찬미소리가 가장저음으로들려왔다.

× × ×

사람들은놀라T씨를둘러쌌다 그리고떠들었다 인사불성된T씨의어깨와팔사이로는 붉은선혈이옷바깥으로 배어흘러떨어지고있었다.

「이사람형님이병원을한답디다」

「어딘고?누구아는사람있나」

「내알아—어쨌든메고들갑시다」

폭양은대지를 그대로불살라버릴듯이내리쪼이고있었다 목쉬인지경노래[31]와목도[32]소리가무르녹은크나큰공사장한귀퉁이에서는 자그마한소통이일어났었다 그러나잠시후에는「그까짓것이다무엇이냐」는듯이 도로전모양으로돌아가버렸다.

× × ×

T는거의일주일 만에야 의식이회복되었다 높은곳

31) 지경노래: 지반을 다질 때 부르는 노래.

32) 목도: 두 사람 이상이 짝이 되어 무거운 물건이나 돌덩이를 얽어맨 밧줄에 몽둥이를 꿰어 어깨에 메고 나르는 일.

에서떨어지노라고 몹시놀란것인듯하였다 T씨의아내는곧달려와서 마음껏간호하였다 그러나업의자내는나타나지아니하였다 그가T씨의병실문을열었을때T씨부부의무슨이야기소리를들었다 그러나그의얼굴을보자마자곧끊겨버린듯한 표정을거는읽을수가잇었다 T씨의아내의아래로숙인 근심스러운얼굴에는「적빈」두글자가새긴듯이뚜렷이나타나있었다.

「T야!상처는대단치않으니 편안히누워있어라 다-염려는말고-」

「……」

그는자기방에서또무엇인가 깊이깊은것을생각하고있었다 그생각하고있는자기조차 무엇을생각하고있는지모를만큼 그의두뇌는혼란-쇠약하였다.

「아-극도로피곤한인생이여!」

세상에바치려는자기의「목」의가는곳-혹 이제는이목을비록세상이받아라도하여주는때가돌아왔다보다-하는같은생각도떠올랐다 험상스러운손가락사이에낑기워 단조로운곡선으로피워올라가고있는 담배연기와도같이 그의피곤해빠진뇌수에서도피비린

내나는 흑색의연기가엉기어나오는것같았다.

「오냐만인을위한신이야없을망정 자기하나를위한 신이왜－없겠느냐?」

그의손은책상위의신문을집었다 그리고그의눈은 무의식적으로 지면위의활자를읽어내려가고있는것이었다.

「교회당에방화!범인은진실한신자!」

그의가슴에서맺혔던화산이소리없이 분화하기시작하였다 그러나 그는아무뜨거운느낌도 느낄수는 없었다 다만무엇인가변형된(혹은사각형의) 태양적 갈색의광선을방사하며 붕괴되어가는역사의때아닌 여명을고하는것을 그는볼수있는것도같았다.

× × ×

T씨는저녁때 드디어병원을나서서그의집으로돌아갔다 T씨의아내만이변명못할신세의눈초리를 그에게보여주며쓸쓸히T씨의인력거를뒤따라갔다 그는 모든것을이해하여버렸다.

「T야－T야－」

그는그뒤의말을이을수있는단어를찾아낼수없었다

T씨의얼굴에는전연표정잉벗었다 그저병원을의식이회복되자 형의병원인줄을안다음에 있을곳이아니니까 나간다는그것이었다 세상사람들은그를비웃기도하였고 욕하는이까지도있었다.

「그형인지무엇인지 전구두쇤가봅디다」

「이염천에먹고사는것은고사하고 하도집에서아무리한대야상처가낫기를좀어려울걸!」

그의귀는이러한말들에귀머거리였다.

「그래그렇게내보내면어떻게사-노?굶어죽지」

그뒤로도그의발길이T씨의집문지방을아니넘어선날은없었다 또수입의삼분의일을여전히 T씨의아내에게전하는것도게을리하지는아니하였다 뿐만아니라 다른의사를대이게하여(그와M군은T씨로부터거절하였으므로)치료는나날이쾌유의쪽으로진척되어가고있었다.

수입의삼분의일이무조건으로T씨의손으로돌아가는데대하여 M군은적지않게불평을가졌었다 그러나물론M군이그러한불평을 입밖에낼리는없었다 그가또한이렇나것을눈치못챌리는없었다 그러나그역시

어찌할수도없는일이었다 어떤때에는 이렇나것은터놓고 M군의앞에하소하여볼까도 한적까지있었으나 그러지못한채로세월에게질질끌리어가고있었다.

「다달이나는분명히T의아내에게 그것을전하여주었거늘!그것이다시돌아오지아니하기 시작한지가이미오래거든-그러면분명히 T는그것을자기손에다달이넣고 써왔을것은-T의태도는너무과하다-극하다-」

그는더참을숭벗는것을느꼈다 그러나뎣마을수없는것을참아넘기는것이 그가세상에바치고자하는 그의참마음이라는것을깊이자신하고 모든유지되어오던현상을 게을리아니할뿐아니라 한층더부지런히하였다.

× × ×

오늘도또한그의절름발이의발길을 T씨의집문지방을넘어섰다T씨의아내만이 만면(滿面)한수색(愁色)으로그를대하여주었다 물론이야기있을까닭잉벗었다 비스듬이열린어두컴컴한 방문속에서는 T씨의앓는소리가섞인코고는소리가들렸다.

「좀어떤가요!」

「차차나아가는것같습니다」

「의사는?」

「다녀갔습니다」

「무엇이라고그럽디까?」

「염려할것없다고」

그만하여도그의마음은기뻤다 마루끝에걸터앉아 이마에맺힌땀을씻으려할때 그의머리위하늘은시커멓게 흐리어들어오고있었다 그런가보다하는사이에 주먹같은빗방울이마당의마른먼지를 폴박시키기시작하였다 서늘한바람이한번휙불어스치더니 지구를 싸고있는대기는별안간완연전쟁을일으킨것같았다 T씨의초가지붕에서는물이라고생각할수없는 더러운액체가줄줄쏟아지기시작하였다 그는고개를들어 하늘을쳐다보았다 그저무한히검기만하였다 다만가끔번쩍거리는번개가푸른빛의절선을큰소리와함께 그리고있을뿐이었다 세상사람들에게 이기다리고기다리던비가얼마나 새롭고감사의것일것이었으랴 마는— 그에게는다만그의눈과귀에감각되는 한현상에 지나지않는것이었다 새로운것도 감사할것도아무것도없었다 피곤한인생－그는얼마동안이나멀거니앉아있다가 정말인간들이내어다버린것모양으로앉아있는 T씨의앞에예의그것을내밀었다 T씨의아내는그저고개를숙엿을뿐이었고여전히아무말도없었다 그는또거북한기분속에서벗어나려고

「업이는어딜갔나요 요새는도무지볼수가없으니－더러들어앉아서 T간병도좀하고하지」

「벌써나간지가닷새－도무지말을할수도없고」

「왜말을못하시나요」

「……」

우연한회화의한도막이 그에게적지아니한 의아의파문을일으키었다(속으로는분하였다)

「에－못된자식－애비가죽어드러누웠는데」

그는비오는속으로그대로나섰다 머리위에서는우뢰와번개가 여전히끊이지않고일었다.

「신은이제나를징벌하려드는것인가」

「나는죄가없다－자－내가무슨죄가있는가 좀보아라－나는죄가없다!」

그는자기의선인임을나아가역설하기에는너무나약

한인간이었다 자기의오직죄없음을 죽어가며변명하는데 그칠줄밖에몰랐다.

「만인의신!나의신!아!무죄!」

모든것은걷어잡을수없이 뒤죽박죽이었다 자동차의 「헤드라이트」빛속에서번개와어우러져서번쩍였다.

—어의주통공사장(於義州通工事場)—

그것이 벌써찌는듯한여름어느날의일이었다면 세월은과연빠른것이다 축늘어진나뭇잎에는윤택이랄것이없었다 영원히 윤택이나지못할투명한 수증기가 세계에차있는것같았다.

꼬박꼬박오는졸음을 참을수없어 그는창밖을바라보았다 사람들은 여전히무거운발길을옮기어놓으며있었다 서로만나는사람은담화를하는것도같았다 장사도지나갔다 무엇이라고소리높이외쳤을것이다 그러나 모든사람들은입만뻥긋거리는데에그치는것같이 소리나지아니하였다 「고요한 담화인가」 그에게는 그렇게생각이되었다 벽돌집의한덩어리는구름이해를가렸다 터놓을때마다흐렸다 개였다하였다 그러나 그것도 지극히 고요한이동이었다 그의윗눈썹은차차무게를늘리는것같았다 얼마가지아니하여는 아랫눈썹위에가만히얹혔다 공기가 겨우통할만한작은 그틈에서는참을수없는졸음이－그것도소리없이－새어나왔다.

병우너은호흡을－불규칙한호흡을무겁게계속하고있었다 그불규칙한호흡은 그의졸음에혼화(混和)되어 적이얼마간규칙적인것같이보였다.

어린아이울음소리가 아랫층에서들렸다 그러나 그것도그의엿가락처럼 늘어진졸음의줄을 건드려볼수도없었다 한번지나가는바람과같았다 그뒤에는또피곤한그의졸음이그대로계속되어갔을뿐이다.

그가있는방 「도어」가이상한음향을내며 가만히열렸다 둔한「슬리퍼」소리가둘, 셋, 넷하고, 하나가끝나기전에 또하나가났다 저절로돌아가는 「도어」의장식은 「도어」를 「도어」틀 틈사이에－무거운짐을내려놓는모양으로 갖다끼기웠다 그리고는가느다란숨소리－전연침묵이었는지도 모를－남아날듯한비중(比重) 는공기가 실내 에속도더딘 파도를 장난하고있었다.

일분—이분—삼분……

「선생님!선생님!주무세요?선생님」

C간호부는몇번이나 그의어깨를흔들어보았다 그의어깨에닿은 C간호부의손은 젊디젊은것이었다 그는쾌감있는탄력을느꼈는지도몰느다 그러나 그것은 그때문에 더욱이나 졸음은두께두꺼운것이되어갔다.

「선생님!잠에취하셨어요?선생님!」

구루마바퀴도는소리…매미잡으러몰려다니는아이들의소리…이런것들은 아직도그대로 그의귓바퀴에 붙어남아있어서 손으로몰래훑으면우수수떨어질것도같았다 그렇게 그의잠!졸음!은졸음 그것만으로단순한것이었다.

장주(莊周)의꿈과같이…눈을부벼보았을때 머리는 무겁고 무엇인가어둡기가짝이없는것이었다 그짧은동안에지나간 그의반생의축도를 그는졸음속에서도 피곤한날개로한번휘거쳐 날아보았는지도몰랐다 꿈을기억할수는없었으나 꿈을꾸었는지도 혹은안꾸었는지도 그것까지도알수는없었다 그는어딘가 풍경없는세계에가서 실컷울다그울음이다하기전에깨워진것만같은모-든 그의사고 의상태는 무겁고 어두운것이었다.

「선생님! 잠에취하셨어요? 퍽곤하시지요 깨워드려서-곤하신데주무시게둘걸!」

그는하품을한번 큼직하게하여보았다 머리와 그리고 머리에딸리지아니하면아니될모든것은 한번에번쩍가벼워졌다 동시에짧은동안의기다란꿈도한번에다-날아간것과같았다 그리고는 그의몸은 또다시어찌할수도없는 현실의한모퉁이로다시금돌아온것같았다.

「선생님!그리기에 저는선생님께 아무런짓을하여도관계치않지요!다용서해주세요」

「그야!」

「선생님졸리셔서 단잠이폭드신걸 깨워놓아-서그래도선생님은 저를용서해주시지요」

「글쎄!」

「용서하여주시고싶지않으세요?선생님」

「혹시!」

「선생님오늘일은 용서하여주시지않으셔도좋습니다 그렇지만 한가지청이있습니다 더위에괴로우신선생님을잠깐만버려도 그것은정말선생님용서해주실는지요」

「즉그렇다면!」

「며칠동안만선생님곁을떠나 더위의선생님을 내어버리고저만선선한데를찾아서 정말잠깐며칠동안만－선생님혹시용서해주실수가있을는지요?정말며칠동안만!」

「선선한데가있거든가오 며칠동안만이랄것이아니라 선선한것이싫어질때까지 있다오오 제발로걷겠다 용서여부가붙겠소?하하」

그의얼굴에서는 웃을때에움직이는근육이 확실히움직이고는있었다 그러나 평상시에아니보이던몇줄기의혈관이 뚜렷이새로보였다.

「선생님 그렇게하시는것은저는싫습니다 선생님저를미워하십니까?저를미워하시지는않으시지요절더러 어디로가라고그러시는것입니까?그러시는것은아니겠지요?」

「그회화에는 나는관계가없는것같소하하 그러나 다천만의말씀이오」

「그러시면 못가게하시는걸 제가조르다조르다겨우허락－용서를받게－이렇게해서야 저도가는보람도있고 또가도얼른오고－선생님도보내시는－용서하시는보람이계시지않습니까?」

「허락할것은 얼른허락하는것이 질질끄는것보다좋지」

「그것은그렇지만 재미가없습니다」

「나는늙어서 아마그런재미를모르는모양이오」

「선생님은!」

「늙어서!하하……」

돌아앉는C간호부는품속에서 손바닥보다도작은원형의거울을끄집어내어 또무엇으로인지빰, 이마를싹싹문지르고있었다 있지않은동안같이있던 그들사이였건마는 그로서는실로 처음보는일이요그의눈에는한이상한광경으로비취었다.

× × ×

미목수려(眉目秀麗)한한청소년이이리로걸어오는

것이보였다 양편손에는 여러개의물건상자가매어달려있었다 흑(黑)과백(白)으로만장속(裝束)한 그청소년의몸에서는 거의광채를발하다시피 눈부시었다 들창에매어달려바깥만을내어다보고있던C간호부는 그때에 그의방에서나갔다 거의의식(意識)을잃은 그는C간호부의풍부한발이 층계를내려가는여러음절의소리가운데의몇도막을들었을뿐이었다 아랫층에서는가벼운—그러나퍽명랑한웃음소리가 알아듣지못할만한정도로흐려진유쾌한 그러나퍽짤막한담화소리에섞여들어왔다 쿵—쿵—쿵쿵 분명히네개의발이 층계를올라오고있었다.

「큰아버지!」

「선생님!」

고개를숙인채 그의앞에나란히서있는 이두청춘 을 바라볼때에 그의눈에서는번개가났다 혹은어린양들에게백년의가약을 손수맺게하여주는거룩한목사 화도같았다 그의가슴에서는형상없는물결이흔들렸다 그위에뜬조그만사색(思索)의배를파선시키려는듯이

「업아 내가너를본지 몇달이되는지?」

고개를숙인업의입술은 떨어질것같지도아니하였다.

「업아 네가입은옷 은감도좋거니와 꼭맞는다」

그의시선은푸른빛을내며 업의입상(立像)을오르내렸다

「업아 내가가지고온이상자속에든것은 무슨좋은 물건이냐 혹시 그가운데에는 나에게줄선물도섞여 있는지 하나둘셋-넷-다섯-」

그의시선은 다시금판자위에나란이놓여있는 여러개의상자위를하나 둘거쳐가며산보하였다.

「업아 아버지의사처는좀나은가?아니 너최근에너읫비을들른일이혹있는가?」

「……」

「내가보는대로말하고보면아마 지금여행의길을떠나는모양이지?아마」

「……」

방안에는찬바람이돌았다 들창을새어들어오는 훈훈한바람도다-이방안에들어오자마자 바깥의온도를잃어버리는것과같았다.

「C씨!C씨는언제부터 나의업이와친하였는지모르

겠으나－자－두사람에게 내가물을말은 이렇게 두사람이내앞에함께나타난뜻은무슨뜻인지?

이야기할것이있는지청할것이있는지 혹나에게무엇을줄것이있는지－」

C간호부는 고개를숙인채 좌우를두어번둘러보더니 무슨생각이급히떠올랐는지 호아호아히그방을나갔다 남아있는업한사람마니 교의(交椅)에걸터앉은그앞에 깎아세운장송과같이부동자세 로서있었다 그는교의에서몸을일으키며담배를한개피어물었다 연기의빛은신선한청색이었다.

「업아－이리와서앉아라 큰아버지는 결코너에게악의를가지지아니하였다 나의묻는말을속이지말고대답하여라」

「어머님이주십니다」

「아범에게서는 얻어본일이없니?」

「없습니다」

「그만하면알았다」

업은처음으로 그의얼굴을 한번쳐다보았다.

「C양은어떻게 언제부터알았니?」

「우연히알았습니다 사귄지는아직한달도못됩니다」
「저것들은다무엇이냐」
「해수욕에쓰는것입니다 옷-그런것」
「해수욕-그러면해수욕을가는데 하하……작별을 하러온것이로군 물론C양과둘이서?」
「제 제생각은 큰아버지를뵈옵고가지않으려하였습니다마는 C간호부말이우리둘이서 그앞에나가간곡히 용서를빌면 반드시 용서하여주시리라고-그말을제가믿은것은아닙니다 그러나 저는아니올수없었습니다 또C간호부는 큰아버지께서는 우리두사람의사이도반드시이해하여주시시라는말도하였습니다마는 물론그말도저는믿지않았습니다」
「잘알았어 나는-그러면나로서는 혹용서하여줄점도있겠고 혹용서하지아니할점도있을테니까」
「그럼무엇을용서하시고 무엇은용서하지아니하실터인지요?」
「그것은 보면알것이아닌가」
그의말끝에는 가벼운경련이 같이따랐다 책상위에 끚비어내어쌓아놓은해수욕도구는꽤많은것이었다 그는그자그마한산위에 「알콜」의소낙비를내렸다 성냥끝에서 옮겨붙는불은검붉은화염을발하며 그의방천정을금시로시커멓게그을려놓았다 소리없이타오르는직물류, 고무류의그자그마한산은보는동안에 무너져가고무너져가고하였다 그광경은마치꿈이아니면볼수없는동작이있고음향이없는반환영(半幻影)과 같았다 벽위의시계가 가만히새로한시를쳤다 업의얼굴은초일초 분일분새파랗게질려갔다.

입술은파래지며심히떨었다 동구(瞳球)를싸고있는눈윗두덩이도떨었다 눈의흰자위는빛깔을잃으며 회갈색으로변하고 검은자위는더욱더욱칠흑으로변하며 전광(電光) 같은윤택을방사하였다 그러나동상 같은업의부동자세는 조금도변형되려고는하지않았다.

「푸지직」소리를남기고불은꺼졌다책상을덮어쌌던 「클로드」[33]도책상의「바니시」[34]도나타나고눌었다 그위에그해수욕 도구들의다타고남은몇줄의검은재가 엉기어있었다 꼭닫은 「도어」가바깥으로부터열렸다.

---

33) 클로드(cloths): 옷감, 천.
34) 바니시(varnish): 니스, 광택제.

「선생님!」

오직한마디 ― 잠시나붓거리는 그입술이달려있는C간호부의얼굴은심야의정령 의그것과도같이 창백하고도가련하였다 그뿐만이아니었다 그러한C간호부의서있는등뒤에부동명왕의얼굴과같이 흑연화염속에인쇄되어있는듯한 T씨의그것도 그는볼수있었다 일순후에는그의얼굴도창백화하지아니할수없었고 그의입술도조금씩조금씩그리하여커다랗게떨리기시작하였다.

× × ×

흐르는세월이조락(凋落)의가을을 이땅위에방문시켰을때는 그가나뭇잎느껴우는수림을산보하고 업의병세를T씨의집댐누간에 물어버릇하기시작한지 도이미오래인때였다.

업은절대로그를만나지아니하려는것이었다 그는 업의병세를부득이T씨의집대문간에서묻지아니하면 아니되었다 오직T씨의아내가 근심과친절을함께하여 그를맞아주었다.

「좀어떻습니까? 그 떠는증세가조금도낫지를않습

니까?」

「그저마찬가지에요. 어떡하면좋을지요」

「무엇 먹고싶다는것 가지고싶다는것은없습니까? 하고싶다는것은또없습디까?」

「해수욕복을사주랍니다 또무슨 알콜－」

「네네 알았습니다」

천가지만가지궁리를가슴가운데에왕래시키려 그는병원으로돌아왔다 필요이외의회화를바꿔본일이 없는사이쯤된M군에게그는간곡한어조로말을부쳐 보았다.

「M군!도무지모를일이야 모든죄가결국은내게있다는것이아닐까?M군자네가아무쪼록좀힘을써주게」

「힘이야쓰고싶지마는 자네도마찬가지로 나도만나지않겠다는 환자의고집을어떻게하느냐는말일세 청진기한번이라도 대어보아야 성의무성의여부가 생기지않겠나」

「내생각같아서는 그업에게는청진기의필요도없을 것같건만……」

「그것은 자네가밤낮하는소리 마찬가지소리」

그에게는이이상 더말을계속시킬용기조차도 힘조차도없었다 책상위에놓인한장의편지—발신인의주소도 성명도그겉봉에는쓰여있지마는—가있었다.

「선생님!가을바람이부니인생이라는 더욱이나어두운것이라는것이생각됩니다.

표연히야속한마음을가슴에품은채 선생님의곁을떠난후벌써철하나가바뀌었습니다 이처럼흐르는광음속에서 우리는무엇을속절없이찾고만있을까요.

그동안한장의글워을올리지않다가 이제새삼스러이 이펜을날려보는저의심사를 혹은선생님은어찌나생각하실는지는모르겠습니다 그렇습니다 세상은즉오해속에서오해로만살아가는것인가합니다 선생님이우리들을이해하셨기에 우리들은선생님의거룩한사랑까지도오해하였습니다 그리하여병상에 누워있는「업」씨를—그리고 또표연히선생님의곁을떠난 저도선생니께서오해하셨습니다 제가드리고자하는 이그다지짧지않은글도 물론전부가다오해투성이겠지요 그러니 선생님께서 제가이글을드리는태도나 또는그글의내용을오해하실것도물론이겠지요 아

－세상은어디까지나오해의갈고리로연쇄되어있는것이겠습니까?저의오라버님의최후도 또그이(대학생－C간호부의내면) 도그때의일도그후의일도모든것이다오해때문에－가아니었겠습니까? 제가저의신세를 이모양으로만든것도 이처럼세상을집삼아 표랑(漂浪)의삶을영위하게된것도 전부다－그기인(起因)은오해－우리어리석은인간들의무지로부터출발된오해때문이 아니었으면 무엇이었던가합니다(어폐를관대히보아주세요) (…중략…)

선생님이 저에게끼쳐주신하해(河海) 같은은혜에치하의말씀이어찌 이에서다하겠습니까마는 덧없는 붓끝이 오직선생님의고명(高名)과종이의백색을더럽힐따름입니다.

선생님 이제저는과거에제가가졌던모든오해를 오해그대로적어올려보겠습니다 그것은제가지금도 그오해를 그오해째 그대로가지고있는까닭이겠습니다.

선생님!선생님께서는「업」씨와저두사람사이를과연어떠한색채로관찰하시었는지요(어폐를아무쪼록관대히보아주십시오) 아닌것이아니라저는「업」씨를

마음으로사랑하였습니다 또「업」씨도 저를좀더무겁게사랑하여주었습니다 이제생각하여보면－업씨의나이－이제스물한살－저스물여섯－과연우리두사람의사랑이철저한사랑이었다할지라도 이와같은연령의상태의아래에서는 그사랑이란그래도좀더좀더빛다른그무엇이있지아니하면아니되지않겠습니까?

두사람의만난－무엇이라할까－하여간우연중에도너무우연이겠습니다 그것은말씀올리기꺼립니다 혹시병상에누워계신「업」씨의신상에어떠한 이상이라도있지나아니할까하여 다만저희들두사람의사랑의내용을불구자적 병적이면불구자적병적 그대로라도사뢰어볼까합니다.

(아－끝없는오해는아직도－아직도) 선생님!제가「업」씨를사랑한이유는업씨의얼굴－면영(面影) 이세상에서자취를감추고만 그이의면영과흡사하였다는－다만그한가지에지나지않습니다 그이는－지금쯤은 퍽늙었겠지요! 혹벌써이세상사람이아닌지도모릅니다 그러나 저의기억에남아있는 그이의면영은 그이와제가갈리지아니하면 아니되었던그순간의

그것채로 신선하게남아있습니다.

남의사랑을받는것은행복입니다—남을사랑하는것은 적어도기쁨입니다 남을사랑하는것이나 남의사랑을받는것이나 인간의아름다움의극치이겠습니다.

저는생각하였습니다 저의업씨에게대한사랑도과연인간의아름다움의하나로칠수있을까를 그러나저는저로도 과연저의업씨에게대한사랑에는 너무나많은아욕(我慾)이품겨있는것을발견하였습니다 그리하여 곧—저는저의업씨에게대한사랑을주저하였습니다.

그러나 또한가지아뢰올것은 업씨의저에게대한사랑입니다 경조부박(輕佻浮薄)[35]한생활 부피없는생활을하여 오던업씨는저에게서비로소 처음으로인간의내음나는역량있는사랑을느낄수있었다합니다 업시의말을들으면 업씨의저에대한사랑은 적극적으로업씨가저에게제공하는 그러한사랑이라는이보다도저의사랑이깃이있다면 업씨는업씨자신의 저에게대

35) 경조부박: 말하고 행동하는 것이 신중하지 못하고 가벼움.

한 사랑을신선한대로 그대로소지한채그깃밑으로기어들고싶은 그러한사랑이었다고합니다.

하여간업씨의저에게대한사랑도 우리가항상볼수있는시정간의사랑보다는 무엇인가좀더깊이가있었던듯하며 성스러운것이었던가합니다 여러가지점으로주저하던저는 업씨의저에게대한사랑의피로 말미암아무던한용기를들수있었습니다 선생님 — 저희들은어쨌든 이제는원인을고구(考究)할것없이서로사랑하여 자유로사랑하여가기로하였습니다 이만큼저희들은삽시간동안에 눈멀어버리고말았습니다 선생님 — 저희들의사랑꼴은 생리적으로도한불구자적현상에속하겠지요 더욱, 사회적으로는 한가련하탈선이겠지요 저희들도 이것만은 어렴풋이나마느꼈습니다 그러나 사람이자기의심각한 추억의인간과면영이같은사람에게 적어도호의를갖는것은 사람의본능의하나가아닐까요 생리학에나혹은심리학에나그런것이어디없습니까 또사회적으로도 영과영끼리만이충돌하여발생되는신성한사랑의결합체 존재할수있다는것이 그다지해괴한사건에속할까요! (…중략…)

선생님! 해수욕행도저의제의(提議)였습니다 해수욕도구도제돈으로산것입니다 업씨는헤엄도칠줄모른다합니다또물을그다지즐기는것도아니었습니다 그러나 저의말이면어디라도가고싶다하였습니다 그것을한계집의간사한유혹이라는이보다도 모성의갸륵한애무와도같은느낌이었다합니다.

선생님! 너무나 가혹하시지나아니하셨던가요 그것을왜살라버리셨습니까? 업씨에게도기쁨이있었습니다 저도모성애와같은사랑을 업씨에게베푸는것이 또그사랑을달게받아주는것이 무한한기쁨이었습니다.

그기쁨을 선생님은검붉은화염속에불살라버리셨습니다 그이상한악취를발하며 타오르는불길은 오직 그책상위에목면과고무만을태운데그친줄아십니까? 「도어」 뒤에 서있던저의심장도(확실히) 또그리고 업씨의그것도업씨의아버님의그것도 다살라버린것이었을것입니다.

저의등뒤에사람이있는지알길이있었겠습니까 하물며그사람이누구인가를알길은더욱이나있었겠습니까 얼마후옛마으로긴동안의얼마후에 업씨의아버님이 그곳에와계셨다는데대하여는……그러나저는업씨의아버님이 그곳에와계신데대하여서 업씨의아버님자신으로부터그전말을자세히들었습니다 그것은이곳에서아뢸만한것은못됩니다 (…중략…)

병석에서도늘해수욕복을원한다는소식을 저는업시의친구되는이들에게서 얻어들을수있었습니다 선생니도물론잘아시겠지요 선생님!감상이어떠십니까? 무엇을의미함이었든지 저는업씨의원을풀어드리고자합니다.

선생님!나머지 저의월급이몇푼있을줄생각합니다 좌기주소로송부하여주십시오.

오해속에서나온오해의글인만큼 저는당당히닥쳐오는오해를인수(引受)할만한 준비를갖추어가지고있습니다 너무기다란글이 혹시선생님께폐를끼치지나아니하였나합니다 관대하신용서와선생님의건강을빌며

××통×정목○○ C변명△△올림

× × ×

그는어디까지라도자신을비판하여보았고반성하여보았다.

그는다달이잊지않고 적지않은돈을T씨의아내손에쥐어주었다 T씨의아내는 그것을차마T씨의앞에내놓지못하였으리라 T씨의아내는 그것을업에게 그대로내어주었으리라 업은그것을가지고경주부박한도락(道樂)에탐하였으리라 우연히 간호부를만나해수욕행까지결정하였으리라 애비(T씨)가다쳐서 드러누웠건마는 집에는 한번도들르지않는자식 그돈을 —그피가나는돈을 그대로철없고방탕한자식에게내어주는어머니—그는이런것들이미웠다 C간호부만하더라도 반드시유혹의팔길을 업의위에내리밀었을것이다 그는이것이괘씸하였다.

그러나 한장C간호부의그편지는 모든그의추측과단안을전복시키고도오히려남음이있었다.

「역시 모—든죄는나에게있다」

그의속주머니에는적지아니한돈이들어있었다 C간호부는삼층한귀퉁이조그만「다다미」방에누워있었다 그품에 전에볼수없던젖먹이갓난아기가들어있었다.

「C양!과거는 어찌되었든 지금에이것은도무지어찌된일이오?」

「선생님!아무것도저는말하고싶지는않습니다 사람의일생은 이렇게죄악만으로얽어서놓지아니하면 유지가안되는것입니까?」

「C양!나는그말에대답할아무말도가지지못하오 오해와용서!그러기에인류사회는 그다지큰풍파가없이 지지되어가지않소?」

「선생님!저는 지금아무것도 후회치않습니다 모든것을 다후회하지아니하면아니될것이니까요 선생님!이것을부탁합니다」

C간호부의눈에서는 맑은눈물방울이흘렀다 그는 C간호부의내어미는젖먹이를 의식없이두손으로받아들었다 따뜻한온기가얼고식어빠진그의손에전하여왔다 그때에 그는누워있는C간호부의초췌한얼굴에서십여년전에저세상으로간아내의면영을발견하였다 그는기쁨 슬픔 교착된무한한애착을느꼈다 그리고는 모—든C간호부의일들에조건없는용서—라는

이보다도호의를부쳤다.

「선생님!오늘 이곳을떠나가시거든 다시는저를찾지는말아주세요 이것은 제가낳은것이라생각하셔도좋고 안낳은것이라생각하셔도좋고 아무쪼록 이것을부탁합니다」 하려던말도키시려든계획도 모두허사로다만 그는그의 「포켙」 속에들었던 돈을C간호부머리맡에놓고는 뜻도아니한선물을품에안은채 첫눈부실거리는거리를나섰다.

「사람이란 그추억의사람과같은 면영의사람에게서 어떤연연한정서를느끼는것인가」

이런것을생각하여도보았다.

× × ×

업의병세는겨울에들어서 오히려점점더하여가는것이었다 전신은거의뼈만남고 살아있다고볼수있는것은 눈과입 이둘뿐이었다 그방웃목에는철아닌 해수욕도구로차있었다업은앉아서나 누워서나종일토록눈이빠지게 그것만바라보고앉아있었다.

「아버지―말쑥한새기와집 안방에가누워서 앓았으면병이나을것같아―아버지 기와집하나삽시다 말쑥하고정결한……」

업의말이었다는 이말이 그의귀에들자어찌며칠이 라는날짜가갈수있었으랴 즉시업의유원은풀릴수있었다 새집에간지이틀 업은못먹던밥도먹었다 집안 사람들과 그는기뻐하였다 그저한없이—

그러나 이미때는돌아왔다 사흘되던날아침(그아침은몹시추운아침이었다) 업은해수욕을가겠다는출발이었다 새옷을갈아입고 방문을죄다열어놓고 방윗목에쌓여있는해수욕도구를 모두다마당으로끄집어내게하였다 그리고는 그위에적지않은해수욕도구의 산에 「알콜」을들어부으라는업의명령이었다.

「큰아버지께작별의인사를드리겠으니 좀오시라고 그래주시오 어서어서 곧—지금 곧」

그와업의시선이 오래—참으로오래간만에 서로마주치었을때 쌍방에서다창백색의인광을발사하는것 같았다.

「불!이제게다가불을지르시오」

몽몽한 흑연이 둔한음향을반주시키며 차건조한천공을향하여올라갔다 그것은한괴기(怪奇)를띄운 그다지성(聖)그럽지않은광경이었다.

가련한백부의그를입회시킨다음 업은골수에사무친복수를수행하였다(이것은과연인세의일이아닐까? 작가의한상상의유희에서만나올수있는것일까?) 뜰가운데에타고남아있는재부스러기와조금도못함잉볏을때까지그의주름살잡힌심장도아주새까맣도록다탔다.

그날저녁때 업은드디어운명(殞命)하였다 동시에 그의신경의전부도다죽었다 지금의 그에게는아무것도없었다. 다만아득하고캄캄한무한대의태허(太虛)가있을뿐이었다.

여－여에헤－요그리고종소리 상두꾼의입곱은소리가차고높은하늘에울었다.

그의발은 마치 공중에떠서옮겨지는것만같았다 심장이타고 전신의신경이운전을정지하고－그의 그힘없는발은 아름다운생기에충만한지구 표면에부착될만한자격도없는것같았다.

그의눈앞에서는 그몽몽한흑연－업의새집마당에

서피어오르던 그몽몽한흑연의일상이언제까지라도 아른거려사라지려고는하지않았다.

뼈만남은가로수도 넘어가고나머지빈약한석양 에 비추어가며 기운시진해하는건축물들도 공중을횡단하는헐벗은참새의떼들도－안이가장창창(蒼蒼) 하여야만할대공(大空) 그것까지도－다－한가지흑색으로밖에는 그의눈에뵈지아니하였다 그의호흡하고있는 산소와 탄산가스의 몇「리터」도 그의모세관을 흐르는가느다란핏줄의그어느한방울까지도 다－흑생－그몽몽한흑연과조금도다름이없는－이아니라고는그에게느껴지지않았다.

「나는 지금어디를향하여가고있는것일까」

「아니 아니－이것이나일까－이것이 무엇일까 나일까 나일수가있을까」

가로등건축물자동차 피곤한마차와짐구루마－하나도그의눈에이상치아니한것은없었다.

「저것들은 다－무슨맛에저짓들이람!」

그러나 그의본기(本基)를상실치아니한 일신의제기관들은그로하여금다시그의집으로돌아가게하지않고는두지않았다.

손을들어 그의집문을밀어보려하여보았으나 팔뚝의관절은굳었는지조금도들리지는않았다 소리를질렀비안사람들을불러보려하였으나 성대는진동관성(振動慣性)을망각하였는지 음성은나오지아니하였다.

「창조의신은나로부터 그조종(操縱)의실줄(絲線)을이미거두었는가?」

눈썹밑에는 굵다란눈물방울이맺혀있었다 그러나 그자신도 그것을감각할수없었다 그의등뒤에서 왠사람인지외투에내려앉은눈을터노라고 옷자락을흔들고있었다.

「무엇을 그렇게 생각하고있나?」

「응? 누구―누구요」

「왜 그렇게놀라나? 날세나야」

M군이었다 병원에서 이제 돌아오는길이었다.

「업이가갔어―」

「응? 기어코?」

두사람은 이이상더이야기하지않았다 어두침침한 그의방안에는몇권의책이시체 와같이 이곳저곳에조리없이산재하여있을뿐이었다.

웃풍이반자를울리며휙스쳤다.

「으아—」

「하하잠이깨었구나 잘잤느냐 아아울지마라 울까닭은없지않으냐 젖달라고,—아이「고무」젖꼭지가어디갔을까 우유를데워놓았는지 원—아아아울지마라울지말어야착한아이이지—아—이런이런!」

가슴에끓어오르는무량한감개를 그는억제할수없었다. 그저쏟아져흐르기만하는 그뜨거운눈물을그어린것의뺨에부비며씻었다 그리고힘껏힘껏 그것을껴안았다 어린것은젖을얻어먹을수있을때까지는 염치없는울음을그치지는않았다.

× × ×

T씨는 그대로그옆에쓰러졌다 구덩이는벌써반이나팠다 그때T씨는그옆에쓰러졌다.

언땅을깨가며파는곡괭이소리—이리뒤치적저리뒤치적나가떨어지는얼어굳은흙덩어리—다시는 모두어질길없는만가(輓歌)의토막과도같이 처량한것이었다.

사람들은달려들어 T씨를 일으켰다 T씨의콧구멍

과입으로는속도빠른 허-연입김이드나들었다 그옆에서있는그의서있는그의모양-그부동자세는 이북망산넓은 언덕에헤어져있는수많은묘표나 그렇지아니하면까막까치앉아날개쉬는헐벗은마른나무의 그모양과도같았다.

관은내려갔다 T씨와 그아내와 그리고 그의울음은 이때일시에폭발하였다 박망산석양천에는곡직착종(曲直錯綜)[36]된곡성이처량이떠올랐다 업의시체를 이모양으로갖다파묻고터덜터덜가던 그길을돌아들어오는 그들의모양은창조주에게가장저주받은것과도같았고 도주하던「카인」의일행들의모양과도같았다.

× × ×

그는잊지아니하고 T씨의집을찾았다. 그러나 업이죽은뒤의 T씨의집에는한바람이하나불고있었다. 또그러나 그가T씨의집을찾기는결코잊지는않았다.

T씨는무엇인가 깊은명상에빠져서는누워있었다 T씨는일터에도나가지아니하였다 다만누워서 무엇을

36) 곡직착종: 옳고 그름이 서로 혼란스럽게 뒤섞인.

생각하고있을뿐이었다

「T!…………」

「…………」

그는T씨를불러보았다 그러나T씨는대답이없었다. 또그러나 그에게도무슨할말이있어서부른것은아니었다. 그는쓸쓸히그대로 돌아오기는하였다 그러나 이러한방문이나마그는결코게을리하지아니하였다.

× × ×

북부에는하룻밤에두곳－거의동시에큰화재 가있었다. 북풍은집집의풍령(風鈴)을못견디게 흔드는 어느날밤은이뜻하지아니한두곳의화재로말미암아 일면의불바다로화하고말았다 바람차게불고추운밤임에도불구하고사람들은원근에서몰려들어와서 북구시가의모든길들은송곳한개를들어세울틈도없을만치악머구리끓듯야단이었다 경성의소방대는비상의경적을난타하며 총동원으로두곳에나누어모여들었다. 그러나충천(沖天)의화세(火勢)는밤이깊어갈수록 점점더하여가기만하는것이었다 소방수들은필사의용기를다하여진화에노력하였으나 연소의구역은

각각으로넓어만가고있을뿐이었다 기와와벽돌은튀고무너지고 나무는뜬숯이되고 우지직소리는끊일사이없이나고 기둥과들보를잃은집들은착착으로무너지고한채의집이무너질적마다 불똥은천길만길튀어오르고 완연히인간세계에현출된활화지옥이었다 잎도붙지아니한수목들은 헐벗은채그대로다타죽었다.

불길이삽시간에자기집으로옮겨붙자 세간기명은꺼낼사이도없이한길로뛰어나온주민들은 어디로갈곳을알지못하고갈팡질팡방황하였다.

「수길아!」

「복동아!」

「금순아!」

다각기자기자식을찾았다 그무리들가운데에는

「업아! 업아!」

이렇게소리높이외치며 쏘다니는하사람도있었다. 그러나정신의조리를상실한그들무리는 그소리하나쯤은귓등에담을여지조차도없었다. 두구역을전멸시킨다음 이튿날새벽에맹렬하던그불도진화되었다 개다가고닭이울던이두동리는검으내의벌판으로변하고

말았다.

이같이큰일에이르기까지한 그불의출화원인에대하여는 아무도아는사람이없었다 다만 그날밤에는 북풍이심하였던것 수개의소화전은얼어붙어서물이나오지아니하였던까닭에 많은소방수의필사의노력도허사로수수방관치아니하면아니되었던곳이있었던것등을말할수있을뿐이었다.

× × ×

M군과그가족은인명이야무사하였었지마는 M군은세간기명을구하려드나들다가다리를다쳤다.

이재민들은가까운곳어느학교교사에수용되었다 M군과그가족도그곳에수용되었다.

M군이병들어누운옆에는 거의전신의 허물이벗겨지다시피된그가말뚝모양으로서있었다 초췌한그들의안모(顔貌)에는인세의괴로운물결이주름살져있었다.

그가 그맹화가운데에서 이리저리날뛰었을때
「무엇을찾으려－무슨목적으로내가이러나」

물론자기도 그것을알수는없었다 첨편[37]에불이붙어도 오히려 부동자세로저립(佇立)[38]하고있는전신주와같이 그는멍멍히서있었다 그때에그의머리에벽력같이떠오르는 그무엇이있었다 얼마전에 그간 간호부를마지막찾았을때C간호부의

「이것을잘부탁합니다」

하던 그것이었다. 그는그대로맥진적(驀進的)[39]으로 맹렬히붙어오르는화염속을헤치고뛰어들어갔다 그리하여 그젖먹이를가슴에꽉안은채나왔다 어린것은 아직젖이먹고싶지는않았던지 잠은깨어있었으나 울지는 않았다 도리어 그의가슴에이상히힘차게안기었을제놀라서울었다.

「그렇지 네눈에는 이불길이이상히보이겠지」

그러나 그의옷은눌었다 그의얼굴과팔뚝손을데었다 그러나 그는뜨거운것을느낄사이동볏었고신경도 없었다. 타오르는M군과 그의집, 병원, 그것들에대하여는 조그만애착도없었다 차라리 그에게는

「벌써타버렸어야옳을것이 여지껏남아있었지」

37) 첨편: 꼭대기.

38) 저립: 우두커니 머물러 섬.

39) 맥진적: 좌우를 돌아보지 않고 힘차게 나아가는.

이렇게 그의가슴은오래오래묵은병을떠나버리는것과같이 그불길이시원하게느껴졌다 다만한가지생명과도바꿀수없는보배를건진것과같은쾌감을 그젖먹이에게서맛볼수있었다.

× × ×

한사람의중년노동자가자수(自首)하였다 대화재에싸여있던중첩한의문은일시에소멸되었다.

「희유의[40]방화범!」

신문의 이기사를읽고앉아있는 그의가슴가운데에는 그대화(大火)에못지아니한불길이별안간타오르고있었다.

「T야! T야!」

T씨는 그날밤M군과 그의집병원두곳에 그길로불을놓았다 타오르지않을까염려하여 병원에서많은「알콜」을훔쳐내어부었다 불을그어대인다음 그길로자수하려하였으나타오르는불길이 너무도재미있는데취하였었고 또분주수선한그때에경찰에자수를한

---

40) 희유: 흔하지 않고 드문.

대야신통할것이 조금도없을것같아 그이튿날하기로 하였었다.

날이새자T씨는 곧 그불터를보러갔다 그것은T씨 마음가운데상상한이상 넓고큰것이었다 T씨는놀라지아니할수없었다 하루이틀－T씨는차츰차츰 평범한인간의궤도로 복구하지아니하면아니되게되었다 그러나 이대로언제까지라도끌고갈수는없었다.

「희유의방화범!」

경찰에나타난T씨에게 세상은의외에도 이러한대명찰을수여하였다.

× × ×

(모든사건이라는이름붙을만한것들은다－끝났다 오직이제남은것은「그」라는인간의갈길을 그리하여 갈곳을선택하며 지정하여주는일뿐이다 「그」라는한인간은 이제인간의인간에서넘어야만할고개의최후의첨편에저립하고있다 이제그는 그자신을완성하기위하여 그리하여 인간의한단편으로서의종식(終熄)을위하여 어느길이고걷지아니하면아니될단말마(斷末魔)[41]다.

작자는 「그」로하여금 인간세계에서구원받게하여 보기위하여 있는대로기회와사건을주었다 그러나 그는구조되지않았다 작자는영혼을인정한다는것이 아니다 작자는아마누구보다도영혼을빋지아니하는 자에속할는지도모른다 그러나그에게영혼이라는것을부여 치아니하고는—즉다시하면 그를구하는최후에남은한방책은 오직 그에게영혼 이라는것을부여하는것하나가남았다.)

황막한벌판에는흰눈이일면으로덮여있었다 곳곳이떨면서있는왜소한마른나무는대지의동면을수호하는가련한패잔병과도같았다 그위를하늘은쉴새없이함박눈을떨구고있었다 소와말은 오직외양간에서 울었다 사람은방안으로방안으로이렇게세계를축소시키고있었다.

길을걷는사람이있다 다른사람들이걷기를그친 황막한이벌판길을걷는사람이있다.

그는지금어디로가는지 어디로부터왔는지 알길이

41) 단말마: 숨이 끊어질 때의 괴로움.

없었다 벌판가운데어디로부터어디까지나늘어서있는지 전신주의전선은찬바람에못견디겠다는듯이 「윙」소리를지르며 이나라의이끝에서 이나라의저끝까지라도 방안에들어앉아있는사람과사람의음신(音信)을전하고있다.

「기쁜일도있겠지 그러나 또생각하여보면 몹시급한일도있으렸다 아무런기쁜일도 아무런쓰라린일도다—통과시켜전할수있는전신주에 늘어져있는전선이야말로 나의혈관이나모세관과도같다고나할까?」

까마귀는날았다 두어조각남아있는마른잎은 두서너번조그만재주를넘으며떨어졌다.

「깍! 깍!」

「왜우느냐?」

그는가슴을내려다보았다 어린것은 어느사이에인지 그품안에서잠이들었었다.

「배가고프지나않은지 원!」

도홍색 그조그마한일면피부에는 두어송이눈이떨어져서는하잘것없이녹아버렸다 그러나 어린것은잠을개이려고도차겁다고도아니하는채 숱한눈썹은 아래로덮여추잡한안계(眼界)를폐쇄시켰고 두조그만콧구멍으로는 찬공기가녹아서드나들고있었다.

선로가나타났다 잠든대지의무장과도같았다 희푸르게번쩍이는 그쌍줄의선로는대지가소유한 예리한칼이아니라고볼수없었다 그는선로를건너서서단조로이뻗쳐있는 그칼날을쫓아서한없이걸었다.

「꽝! 꽝!」

수많은 곡괭이가언당을내리찍은소리였다 신작로한편에는 모닥불이피여있었다 푸른연기는 건조투명한하늘로뭉겨올랐다. 추위는별안간 그의몸을엄습하는것같았다.

「꽝! 꽝!」

청둥한금속의 음향은 아직도계속되었다 그소리는이쪽으로점점가까이들려온다 그리고 그는 그소리나는곳을향하여걷고있었다 그는모닥불가에가섰다확끼치는온기가죽은사람을살릴것같이훈훈하였다.

「우선살것같다―」

오므라들었던전신의근육이 조금씩조금씩 풀어지는것같았다.

「불! 흥! 불—내심장을태우고 내전신의혈관과신경을불사르고 내집내세간내재산을불살라버린불! 이불이 지금나의몸을 이얼어죽게된 나의몸을덥혀주다니!

장작을하나씩하나씩 뜬숯을만들고있는조그만화염들! 장래에는또무엇무엇을살라뜬숯을만들려는지!

그것은한물체가탄소로변하는현상에만 그칠까—산화작용? 아하 좀더의미가있지나않을까? 그렇게 단순한것인가?」

그의눈앞에는 이제한새로운우주가전개되고있었다. 그곳은 여지껏그가싸여있던 그검은빛의분위기를대신하여밝은빛의정화된공기가있었다 차디찬무간심을대신하여 동정이있었고 사랑이있었다. 그는 지금일보일보그세계를향하여전진을계속하고있는것이었다.

「이리오너라 그대배고픈자여!」

이러한소리가들려왔다.

「이리오너라 그대심혈의노력에보수받지못하는자여!」

이러한소리도들렸다.

「그대는 노력을버리지말것이야 보수가있을것이니!」

「짱! 짱!」

그때이소리는그의귀밑까지와서뚝그쳤다 그리하고는왁자지껄하는소리와함께많은사람들이 그의서있는모닥불가에모여들었다.

「불이다—꺼졌네!」

「장작을좀더가져오지!」

굵은장작이쟁여졌다 마른장작은푸지직소리를지르며타올랐다 그리하여 검푸른연기가부근을흐려놓았다.

「에—추워—에—뜨시다」

모—든사람들의곱은입술에서는 이런소리가흘러나왔다.

연기는검고불길은붉었다 푸지직소리는여전히났다 이제그의눈앞에나타났던새로운우주는 어느사이에인지 소멸되고 해수욕도구 를불사르던어느장면이환기되었다.

「불이냐! 불이냐!」

그의심장은높이뛰었다 그고동은가슴에안겨있는

어린것을눌러죽일것같았다 그는품안의것을끌러서는모닥불곁에내려놓았다 그리고는가슴을확풀어헤치고 마음껏 그불에안겨보았다 새로이 끼쳐오는불기운은 그의뛰는가슴을한층이나더건드려놓는것같았다.

무슨동기로인지 그의머리에는 「알콜」이라는것이 연상되었다.

「에－ㅅ? 불? 불이냐?」

어린것을 모닥불곁에놓은채 그는일직선으로 그선로를밟아뛰어달아나기를시작하였다. 그의 시야를속속으로스쳐지나가는선로침목(枕木)이 끝없이늘어놓였을뿐이었다 그의전신의혈관은 이제 순환을시작한것같았다.

「누구야 누구야」

「앗!」

「누구야－어디가는거야」

「아－저불!불!」

「하, , , !」

그의전신은 사시나무떨리듯떨렸다.

「아－인제죽을때가돌아왔나보다! 아니참으로살아야할날이돌아왔나보다!」

그는 이렇게생각하였다 그사람은 그의 그모양을 조소와경멸의표정으로만나려다보고있었다. 그러나 이제야 최후로새우주가 그의앞에는전개되었던것이다.

「여보십시오!」

그는수작하기가곤란한이자리에서 이렇듯 입을열어보았으나별로 그사람에게대하여할말은없었다 그는몹시머뭇머뭇하였다.

「왜그러오?」

「저－오늘이며칠입니까?」

「오늘? 십이월십이일?」

「네!」

기적일성과아울러 부근의 「시그널」은내려졌다. 동시에남행열차의기다란장사(長蛇)가 그들의섰는 곳으로향하여달려왔다.

「여보여보 기차!기차!」

「…………」

「여보여보 저거! 이리비켜!」

「…………」

「앗!」

그는지금모－든세상에 끼치는많은노력에도불구하고보수받지못하였던 모－든거룩한성도(聖徒)들과 함께보조를맞추어 새로운우주의명랑한가로를걸어가고있는것이었다.

그의눈에는일상에볼수없었던밝고신선한자연과상록수 가보였고 그의귀에는일상에들을수없었던 유량우아한음악이들려왔다 그리고그가호흡하는공기는맑고 따스하고투명하였고 그가마시는물은영겁을상징하는영험의생명수였다 그는지금논공행상(論功行賞)에 선택되어 심판의궁정을향하여걷고있는것이었다.

순간후에 그의머리에얹혀질 월계수의황금관을생각할때에피투성이된그의일신은기쁨에미쳐뛰었다 대자유를찾아서 우주애(宇宙愛)를찾아서그는 이미 선택된길을걷고있는데다름없었다.

그러나 또한생각하여보면 불을피하여선로위에떨고섰던그는과연어디로갔던가.

그는확실히 새로운우주의가로를보행하였을것이다

그러나 또그의영락한육체위로는 무서운「에너-지」의기관차의차륜이굴러넘어갔는지도모른다. 그리하여 그의피곤한뼈를분쇄시키고 타고남은근육을산산히저며놓았는지도모른다 그리하여기관차의「피스톤」은그의해골을이끌고 그의심장을이끌고 검붉은핏방울을칼날로휘풀려있는선로위에뿌리며 십리나이십리밖에있는어느촌락의 정거장까지라도갔는지도모른다 모닥불을쬐던철도공사의인부들도부근민가의사람들도 황황히그곳으로달려들었다. 그러나 아까불을피하여달아나던 그의면영은찾을수도없었다 떨어진팔과다리 동구 간장 이것들을 참아볼수없다는가애로운표정으로내려다보며 새로운우주의가로를걸어가는 그에게전별의마지막만가를쓸쓸히들려주었다.

그사람은그가십유년방랑생활끝에 고국의첫발길을실었던 그기관차속에서만났던 그철도국에다닌다던사람인지도모른다 사람은 이너무나우연항인과를인식지못할는지도모른다 그러나 사람이알거나모르거나 인과는그인과의법칙에만 충실스러이하나에서둘로 그리하여 셋째로수행되어가고만있는것이었다.

「오늘이며칠입니까」

이말을그는그같은사람에게우연히두번이나 물었는지도모른다 따라서

「십이월십이일!」

이대답을 그는같은사람에게서두번이나들었는지도모른다 그러나 모든것은다—그들에게다만모를것으로만나타나기도하였다.

인과에우연이되는것이있을수있을까? 만일인과의법칙가운데서 우연이라는것을찾을수없다하면 그바퀴가 그의허리를넘어간 그기관차가운데에는 C간호부가타있었다는것을어떻게나사람은설명하려하는가? 또 그C간호부가왁자지껄한차창밖을내어다보고 그리고 그분골쇄신된검붉은피의지도를 발견하였을때 끔찍하다하여 고개를돌렸던것은어떻게나설명하려는가? 그리고C간호부가 닫힌차창에는허연성에가슬어있었다는것은 어찌나설명하려는가? 이뿐일까 우리는더욱이나 근본적의아에봉착할수도있다는것이다.

만일지금 이C간호부가타고있는객차의그칸이그

적에그가타고오던그고칸일뿐만아니라 그자리까지도역시그같은자리였다하면 그것은 또한 어찌나설명하려느냐?

북풍은마른나무를흔들며불어왔다 먹을것을찾지못한참새들은 전선위에서배고픔으로추운날개를떨며쉬이고있었다.

그가피를남기고간세상에는 이다지나깊은쇠락의겨울이었으나 그러나그가논공행상을받으려행진하고있는새로운우주는 사시장춘이었다.

한영혼이심판의궁정을향하여 걸어가기를이미출발한지오래니 인생의어느한구절이 끝났는것인지도모른다. 그러나사람들다몰려가고난아무도없는모닥불가에는 그가불을피하여달아날때놓고간 그어린젖먹이가 그대로놓여있었다.

끼쳐오는온기가 퍽그어린것의피부에쾌감을주었던지 구름한점없이맑게개여있는깊이모를창공을 그조그마한눈으로뜻있는듯이 쳐다보며소리없이누워있었다. 강보 틈으로새어나와흔들리는세상에도조그맣고귀여운손은일만년의인류역사가일찍이풀지못하고 그만둔채의대우주의철리(哲理)를설명하고있는것인지도모른다.

그러나 그부근에는 그것을알아들을수있는「파우스트」의노철학자도없었거니와 이것을조소할범인(凡人)들도없었다.

어린것은별안간사람이 그리웠던지 혹은 배가고팠던지「으아」울기를시작하였다 그것은동시에시작되는인간의백팔번뇌를상징하는것인지도모른다.

「으아!」

과연인간세계에무엇이끝났는가 기막힌비극이 그 종막을내리우기도전에 또한개의비극은다른한쪽에서벌써 그막을열고있지는않은가?

그들은단조로운이비극에피곤하였을것이나 그러나 그들은 그것을연출하기도결코잊지는아니하며 또그것을구경하기에도결코배부르지는않는다.

「으아!」

어떤사람은이소리를생기에충만한였다 일컬을지도모른다 또한 그러할는지도모른다. 그러나 이것이 확실히인생극의첫막을여는「사이렌」인것에도틀림은없다.

「으아!」

한인간은또한인간의뒤를이어 또무슨단조로운비극의각본을연출하려하는고

그소리는오늘에만 「단조」라일컬음을받을것인가

「으아!」

여전히 그소리는그치지아니하려는가

「으아!」

너는또어느암로(暗路)를한번걸어보려느냐 그렇지 아니하면 일찍이 이곳을떠나려는가 그렇다 그모닥불이다꺼지고 그리고 맹렬한추위가너를엄습할때에는 너는아마일찌감치행복의세계를향하여 떠날수있을는지도모른다.

「으아!」

「으아!」

이소리가약하게 그리하여점점강하게들려오고있을뿐이었다.

—(完)—

공포(恐怖)의 기록(記錄)

―서장(序章)―

생활, 내가 이미 오래전부터생활을 갖지못한것을 나는 잘안다. 단편적으로 나를 찾아오는 「생활비슷한것」도 오직 「고통」이란 요괴(妖怪)뿐이다. 아무리 찾아도 이것을 알아줄사람은 한사람도 없다.

무슨방법으로든지 생활력을 회복하려 꿈꾸는때도 없지는 않다. 그것때문에 나는 입대 자살을 않하고 대기의 자세를 취하고 있는것이다―이렇게나는 말하고 싶다만.

제이차의 각혈이 있은후나는 어슴푸레하게나마 내 수명에대한 개념을 파악하였다고 스스로 믿고있다.

그러나 그이튿날 나는 작은어머니와 말다툼을 하

고 맥박125의 팔을 안은채, 나의 물욕을 부끄럽다 하였다. 나는 목을 놓고 울었다 어린애같이 울었다.

남보기에 퍽이나추악했을것이다 그러다나는 내가 왜우는가를깨닫고 곧울음을그쳤다

나는 근래의내심경을정직하게 말하려하지않는다 말할수 없다 만신창이의나이언만 약간의귀족취미가남아있기때문이다 그러나 만약남듣기좋게 말하자면 나는절대로내자신을경멸하지않고 그대신부끄럽게생각하리라는 그러한심리로 이동하였다고 할 수는있다 적어도그것에가까운것만은 사실이다

불행한계승

4월로들어서면서는 나는얼마간기동할정신이났다 각혈하는도수도 훨씬뜨고 또분량도 훨씬줄었다 그러나침침한방안으로 훗훗한공기가 들어와서 미적지근하게 미적지근한체온과어울릴적에 피로는 겨울동안보다 훨씬 더한 것같음은 제팔뚝을 들 힘조차 제게없는것이다. 하도답답하면 나는 툇마루에별이 드는대로 나와 앉아서 반쯤보이는 닭의장쪽을

보려고 그래서가아니라 보이니까 멀거니보고있잠녀 의례히 작은어머니가 그 닭의장을얼싸안고얼미적얼미적하는것이다. 저것은즉 고 덜 여물어서 알을안까는암탉들을 내려다보면서 언제나 요것들을 길러서 누이를보나 하는 고약한어머니들의제딸 노리는 그게아닌가 내눈에 비치는것이다.

나는 물론 이래서는 안된다고생각한다. 작은어머니얼굴을 암만봐도 미워할데가어디있느냐. 넓은이마 고른치아의 열, 알맞은코, 그리고 작은아버지만 살아계시면 아직도 얼마든지변변한애정의색을띠울수있는총기있는눈 하며 다 내가좋아하는 부분부분인데 어째그런지그런 좋은부분들이종합된「작은어머니」라는인상이 나로하여금 증오의념(念)을 일으키게한다.

물론 이래서는 못쓴다. 이것은 분명히 내 병이다. 오래오래 사람을싫어하는버릇이 살피고살펴서 급기야에 이모양이되고만것에 틀림없다 그렇다고 내 육친까지를 미워하기시작하다가는 나는 참 이세상에 의지할곳이 도무지없어지는것이아니냐. 참안됐다.

이런 공연한망상들이 벌써 나올수도있었을 내병을 자꾸 덧들리게하는 것일것이다. 나는 마음을 조용히 또 순하게먹어야할것이라고 여러번 괴로워하는데 그렇게 괴로워하는것은 도리어 또 겹겹이짐되는것도같아서 나는 차라리방심상태를 꾸미고 방안에서는 천정만쵸다보거나 나오면 허공만쳐다보거나 하재도 역시 나를싸고도는 온갖것에대한증오의념(念)이 무럭무럭 구름일듯 하는것을 영 막을길이 없다

— ◇ —

비가 두어번 왔다. 싹이트려나보다. 내려다보는지면이 갈수록 심상치않다. 바람이없이 조용한날은 툇마루에드는 볕을 가만히, 잡기만하면 퍽 따뜻하다. 이렇게 따뜻한볕을 쪼이면서 이렇게 혼곤한데 하필 사람만을 미워해야되는 까닭이 무엇이냐.

사람이 나를 싫어할상싶은데 나도 사실 내가 싫다 이렇게 저를 사랑할줄도모르는 인간이 남을 위할줄 알수있으랴. 없다. 그러면 나는 참 불행하구나.

이런 망상을 시작하면 정말이지 한이없다. 그러니

까 나는 힘이들고 힘이드는것이 싫어도 움직여야한다. 나는 헌구두짝을 끌고 마당으로 나가서 담 한모통이를의지해서 꾸며놓은 닭의집가까이가본다

— ◇ —

혹 나는 마음으로 작은어머니에게 사과하려던것인지도 모른다. 그런데 또 이것은 왜 그러나—작은어머니는 나를 보더니 얼른 안으로 들어가버린다. 저렇기때문에안된다는것이다. 닭의집높이가 내턱좀 못미치기때문에 나는 거기 가로지른나무에 턱을 받치고 닭의집속을 내려다보고있자니까 냄새도 어지간한데 제일 그 수탉이 딱해죽겠다. 공연히 성이대밋둥까지나서 모가지털을 벌컥 일으켜세워가지고는 숨이 헐레벌떡헐레벌떡 야단법석이다 제딴은 그 가운데막힌 철망을뚫고 이쪽 암탉들있는데로 가고싶어서 그러는모양인데 사람같으면 그만하면 못넘어갈줄알고 그만둠직하건마는 놈은 참성벽이 대단하다. 가끔 철망 무너진구멍에 무작정하고 목을 틀어박았다가 잘 나오지않아서 눈을감고 긱 긱 소리를지르다가 가까스로 빠져나가는걸보고 저놈이

그만하면 단념하였다하고 있으면 그래도 여전히 야단이다 나는 그만 그놈의 끈기에 진력이나서 못생긴놈, 미련한놈, 하고 혼자서 화를벌컥내어보다가도 또 그놈의 그런 미칠것같은 정열이 다시없이 부럽기도하고 존경해야할것같이 생각키도해서 자세히 본다.

그런데 암탉들은 어떠냐하면 영 본숭만숭이다. 모-른 체하고 그저 모이주어먹기에만 열중이다. 아하 저러니까 수탉이란놈이 화가 더날밖에 하고 나는그 새침데기 암탉들을 안타깝게 생각한것이다 좀가끔 수탉쪽을 한두번쯤 건너다가도보아주지 원-하고나도실없이 화가난다. 수탉은여전히 모이주어먹을 생각도하지않고 뒤법석을치는데 좀처럼 허기도 지지 않는다.

이러다가 나는 저수탉이대체 요새마리암탉중의 어떤놈을 노리는것인가좀살펴보기로하였다. 물론수탉이란놈의변두[1]가 하도두리번거리니까 그놈의시

1) 변두: 닭이나 새 따위의 이마에 세로로 붙은 살 조각. 빛깔이 붉고 시울이 톱니처럼 생겼다.

선만가지고는 알아차리기가 어렵다. 그래서 나는보통사람남자가여자보는 그런 눈으로 한번보아야겠다.

얼른보기에 사람의눈으로는 짐승의얼굴을 사람이아무개아무개 하듯 구별하기는 어려울것같이 보이는데 또 그렇지도않다. 자세히보면 저마다 특징다운특징이있고 성미도 제각기 다르다. 요 암탉 세마리도 그러하여서 얼른보기에는 고놈이고놈같고하더니 얼마큼이나들여다보니까 모두 참 다르다.

키가 작달막하고, 눈앒이 검고, 털이 군데군데 빠지고 흙투성이의 그중더러운 암탉 한마리가 내눈에 띄였다 새침한중에도 새침한 품이 풋고추같이 맵겠다. 그렇게보니 그럴상도 싶은게 모이를 먹다가는 때때로 흘깃흘깃 음분(淫奔)[2]한계집같이 곁눈질을 곧잘 한다. 금방달려들어 모래라도 한줌끼얹어주었으면 하는공연한충동을느끼나그러나 허리를굽시기가싫다 속모르는 수탉은 수선도피우는구나

이무것도 생각않는게 상수다 닭들의생활에도 그

2) 음분: 음란하고 방탕한.

런가륵한분쟁이있으니 하물며사람의 탈을쓴 나에게수없는 번거로움이 어찌없으랴 가엾은수탉에내자신을비겨보고 비겨보고 나는다시헌구두짝을 질질 끈다 바람이없어서 퍽따뜻하다 싹이트려나보다

얼굴이 이렇게까지창백한것이 웬일일까하고 내가번뇌해서—

내 황막(荒寞)한의학(醫學)지식(智識)에 그예 진단(診斷)하였다. —회충(蛔蟲)—

그렇지만 이 진단에는 심원(深遠)한유서(由緖)가있다. 회충이아니면 십이지장충—십이지장충이아니면 조충(絛蟲)—이러리라는것이다.

회충약을 써서 안들으면, 십이지장충약을 쓰고, 십이지장충약을써서 안들으면 조충약을 쓰고, 조충약을써서 안들으면 그다음은 아직 연구해보지않았다.

×

어떤 몹시 불쾌한하루를선택하여 우선 회충산을돈복(頓服)[3]하였다. 안다. 두끼를 절식(絶食)해야한다는것도, 복약후에 반드시 혼도(昏倒)[4]한다는것도.

대낮이다 이부자리를펴고 그속으로 움푹 들어가서 넙죽이 누워서, 이래도? 하고 그 혼도(昏倒)라는 것이 오기를 기다렸다.

기다리는마음이 늘 초조한법, 귀로 위속이 버글버글하는소리를 알아듣고 눈으로 방 네귀가 정말뒤퉁그러지려나 보고, 옆구리만 좀 근질근질해도 아하요게 혼도(昏倒)라는놈인가보다하고 긴장한다.

그랬건만 딱한일은 끝끝내 내가 혼도(昏倒)않고 그만두었다는것이다.

세시를쳐도 역시 그턱이다 나는 그만 흥분했다. 혼도(昏倒)커녕은 정신이 말똥말똥 하단말이다. 이럴리가 없는데.

그렇다고 금방 십이지장충약을 써보기도싫다. 내진단이 너무나허황한데 스스로놀라고 또그약을구해야할 노력이 아깝고 귀찮다.

구름피듯 뭉게뭉게 불쾌한 감정이 솟아오른다. 이러다가는 저녁지으시는 작은어머니와 또싸우겠군

3) 돈복: 약 따위를 나누지 않고 한꺼번에 다 먹음.
4) 혼도: 정신이 어지러워 쓰러짐.

―얼마후에나는 히죽히죽모자도 안쓰고거리로나섰다.

×

막 다방에를 들어서니까 수군(壽君)이 마침문간을 나서면서 손바닥을보인다.

「쉬―자네 마누라가 와있네」

나는 정신이 번쩍 났다.

「애 요것봐라」

하고 무작정 그리 들어서려는것을 수군이 아예 말리는것이다.

「만좌지중(滿座之中)에서 망신 톡톡히 당할테니 염체 어델」

「그린가―」

입만을 쩍쩍 다시면서 발길을 돌리기는돌렸으나 먼발치서라도 어디좀 보고싶었다.

솜옷을입고 아내가 나갔거늘 이제 철은 홑것을 입어야하니 넉달지간이나 되나보다.

나를 배반한계집이다. 삼년동안 끔찍이도 사랑하였던끝장이다. 따귀도 한개 갈겨주고싶다. 호령도 좀 하여주고싶다. 그러나 여기는 몰려드는사람이

하나도 내얼굴을 모르는사람이없는 다방이다 장히 모양도 사나우리라.

「자네만나면 할말이 꼭 한마디 있다데」

「어쩌라누」

「사생결단을 하겠다데」

「어이쿠」

나는몹시 놀래여보이고 「레이몬드·하튼」같이 빙글빙글 웃었다.

「안해—마누라」라는 말이 낮잠과도같이 옆구리를 간지른다. 그 「이미지」는벌써 먼바다를 건너간다. 이미 파도소리까지 들리지 않느냐 이러한 환상속에 떠오르는내자신은 언제든지 광채나는 「푸라슈카」를 입었고 퇴폐적(頹廢的)으로 보인다. 소년과같이 창백하고도 무시무시한 풍모이다. 어떤때는 울기도 했다. 어떤때는 어딘제 모르는 먼나라의 십자로를 걸었다.

수군에게끌려 한강으로 나갔다 목선을하나빌려 맥주도싣고 상류로거슬러 동작리갯가에다 대어놓고 목로 찾아 취토록먹었다 황혼에 수평은 시야와 어우러져서 아물아물 허공에놓인 비조처럼 이 허망한슬픔을 참 어디에다 의지해야좋을지 비철거리지 않을수없었다.

「응—넉달이지나서 인제? 네가 내게 헐말은 뭐냐? 얘 더리고더리다[5)]」

「이건 왜 변변치못하게 이러는거야」

「아—니, 아—니, 일테면 그렇다그말이지, 고런 앙큼스런놈의계집이 또있을수가 있나」

「글쎄 관 둬 관 궈」

「관두긴 허겠지만 어차피 말을하자고봄녀 자연말이 이렇게쯤 나가지않겠느냐 그런말이야」

「이렇게 못생긴건 내 보길 처음 보겠네 원—」

「계집이란놈의물건이 아무리독한물건이기로 그렇게싹 칼로 에인듯이 돌아설수가있나 고」

우리들은 술이 살렸다. 나야말로 술없이 사는도리가 없었다.

---

5) 더리다: 격에 맞지 않아 마음에 달갑지 않다.

노들서 또먹었다. 전후불각(前後不覺)으로취하여 의식을 완전히 잃어버려야겠어서그랬다.

넉달—장부답지못하게 뒤끓던마음이 그만하고 차츰차츰 가라앉기 시작하려는 이철에 뭐냐 부전(附箋)[6]붙은 편지 모양으로 때와손자국이 잔뜩묻은채 돌아오다니

「요 얌체도없는것아 요 요 요」

나는 힘껏 고성질타(高聲叱咤)로 제자신을 조소하건만도 이와따로 밑둥치운대목(大木)기울듯 자분참[7] 기우는 이어리석지않고들을소리도없는 마음을 주체하는 방법이 없는것이었다.

넉달—이동안이 결코짧지가않다. 한사람의아내가 남편을 배반하고 집을나가 넉달을잠잠하였다면 아내는 그예용서받을자격이 없는것이오 남편은 꿀꺽참아서라도 용서하여서는 안된다.

「이 천하의공규(公規)[8]를 너는 어쩌려느냐」

6) 부전: 어떤 서류에 간단한 의견을 적어서 덧붙이는 쪽지.
7) 자분참: 지체 없이 곧.
8) 공규: 공공의 규범.

와서 그야말로 단죄를 달게 받아보려는것일까.

어떤점을 붙잡아 한여인을 믿어야옳을것인가. 나는 대체 종 잡을수가없어졌다.

하나같이 내눈에비치는여인이라는것이 그저 끝없이 경조부박(輕佻浮薄)한 음란한요물에 지나지 않는것이없다.

생물의 이렇다는의의를 훌떡 잃어버린 나는 환관(宦官)이나 무엇이다르랴. 산다는것은 내게 딴은 필요이상의「야유(揶揄)」에 지나지않는다.

그것은 무슨 한여인에게 배반당하였다는 고만이유로해서 그렇다는것이아니라 사물의 어떤「포인트」로 이 믿음이라는 역학(力學)의 지점(支點)을 삼아야겠느냐는것이 전혀 캄캄하여졌다는것이다.

「믿다니 어떻게믿으라는것인구」

함부로 예 제 침을 퉤퉤 배앝으면서 보조(步調)는 자못 어지럽고 비창(悲愴)한것이었다. 술을 한모금이라도 마시고나면 약삭빨리 내심경에아첨하는 이 전신의신경은 번번히 대담하게도 천변지이(天變地異)[9]가 이 일신에 벼락치기를 바라고바라고 하는것이었다.

「경칠 화물자동차에나 질컥 지어죽어버리지 그랬으면 이렇게 후텁지근한생활을 면허기라도허지」

하고 주책없이 중엉거려본다. 그러나

짜장 화물자동차가 탁 앞으로 닥칠적이면 덴겁을해서[10] 피하는재주가 세상의 어떤사람보다도 능히 빠르다고는못해도 비슷했다. 그럴적이면혀를 쑥 내밀어 제자신을 조롱하였습네하고 제자신을 속여버릇하였다.

이런 넉달—

이런넉달이 지나고 어리석은꿈을 그럭저럭 어리석은꿈으로 돌릴줄알만한시기에 아내는 꿈을 거친거름거리고 역행하여 여기 폭군의인상으로 나타난것이다.

— ◇ —

나는 어떻게 해야하나? 거암(巨岩)과같은 불안이 공기와호흡의 중압이되어 덤벼든다. 나는 야행(夜行)열차(列車)와같이 자야옳을는지도 모른다

9) 천변지이: 하늘과 땅에서 일어나는 자연계의 여러가지 변동과 이변.
10) 덴겁: 뜻밖의 일로 놀라서 허둥지둥하다.

추악한 화물

그예 찾아내고 말았다.

나는 안들 들여다보았다. 풀칠한 현관유리창에 거무테테한 내얼굴의 「하이라이트」가 비칠뿐이다. 물론 아무것도 보이지는 않았다.

나는 그자리에 주저앉고 만다. 내 바로옆에서 한마리의 개가 흙을 파고있다. 드러누웠다. 혀를 내민다. 혀가 깃발같이 굽이치는게 퍽고단해 보였다.

—온돌방한간과 「이첩간(二疊間)」

이렇단다. 굳게 못질을 하여놓았다. 분주하게 드나드는 쥐새끼들은 이집에관해서 아무것도 나에게 전하지않는다.

안면근육이 별안간 바짝바짝 오그라드는것같다. 살이 내리나보다. 사람은 이렇게하루에도 몇번씩 살이내리고 오르고 하나보다.

—날라와야겠다, 그오물투성이의 대화물을!

절이나 하는듯이 「화가(貨家)」라 써붙인목패(木牌) 옆에 조그마한 명함한장이 꽂혀있다. 한(韓)××, 전등료는 ××정(町)××번지로 받으러오시오(거짓말

말아라) 이한(韓)××란 사나이도 오물투성이의 대화물(大貨物)을 질질 끌고이리저리 방황했을것이어늘-××정(町)이 어데쯤인가?

(거짓말 말아라)

왜 사람들은 이삿짐이란 대화물을 운반해야할 구차기구(苟且崎嶇)한 책임을 가졌나.

나는 집뒤로 돌아가보려 했다. 그러나 길은 곧장 온돌방가지 뚫린모양이다. 반간도 못되는 컴컴한 부엌이 변소와 마주 붙었다. 나는기가 막혔다. 거기도 못이굳게 박혀있다 나는 기가막혔다.

— × —

성격(性格)파산(破産) 무엇때문에? 나의 교양은 나의생애와다름없이되었다. 헌누더기 수염도길렀다. 거리. 땅.

한번도 아내가 나를 사랑 않는줄 생각해본 일조차 없다 나는 어느틈에 고상한 국화(菊花) 모양으로 금시에 쑤세미가 되고말았다. 아내는 나를 버렸다. 아내를 찾을길이없다.

나는 아내의 구두속을 들여다본다. 공복(空腹)-

절망적공허가 나를 조롱하는것같다. 숨이 가빴다.

그다음에 무엇이 왔나.

적빈(赤貧)—중요한 오물들은 집안사람들이 하나, 둘 집어내었다. 특히 더러운 상품가치없는 오물만이 병균같이 남아있었다.

하룻날, 탕아(蕩兒)는 이 처참(悽慘)한 현상(現狀)을내집이라 생각하고 돌아와보았다. 뜰앞에 화초만이 향기롭게 피어있다. 붉은 열매가열린것도 있었다. 그러나 가족들은 여지없이 변형되고 말았고, 기성(奇聲)을 발(發)하며 욕지거리다.

종시(終始) 나는 암말 없었다.

이미 만사가 끝났기때문이다. 나는 혼자서 손바닥만한 마당에 내려서서 주위를 둘러본다. 내손때가안묻은 물건은 하나도 없다.

나는 책을 태워버렸다. 산적했던 서신을 태워버렸다. 그리고 나머지 나의 기념을 태워버렸다.

가족들은 나의 아내에관해서 나에게 질문하거나 하지않는다. 나도말하지않는다.

밤이면 나는 유령과같이 흥분하여 거리를 뚫었다.

나는 목표를 갖지 않았다. 공복만이 나를 지휘할수 있었다. 성격의파편—그런것을 나는 꿈에도 돌아보려 않는다. 공허에서 공허로 말과같이 나는 광분하였다. 술이 시작되었다. 술은 내몸속에서 향수같이 빛났다.

바른팔이 왼팔을, 왼팔이 바른팔을 가혹하게매질했다. 날개가 부러지고 파랗게 멍든 흔적이 남았다.

— × —

몹시 피곤하다. 아방궁을 준대도 움직이기 싫다. 이집으로 정해버려야겠다.

—빨리 운반해야한다. 그 악취가 가득한 육신들을 피를 토하는 내가 헌구루마위에걸레짝같이 실어가지고운반해야한다.

노동(勞働)이다. 나에게는 생각할 여유조차 없다.

불행(不幸)의 실천(實踐)

나는 닭도 보았다. 또 개도 보았다. 또 소이야기도 들었다. 또 외국서섬그림을 보았다. 그러나 나는 너희들에게 이행운의 열쇠를 빌려주려고는 않는다.

내가 아니면은 —보아라 좀 어래 걸렸느냐—이런것을 만들어놓을수는 없다.

책상다리를 하고 앉은채 그냥 앉아있기만 하는것으로 어떻게 이렇게 힘이 드는지 모른다. 벽(壁)은 육중한데 외풍은 되이고 천정은 여름모자처럼 이방의감춘것을 뚝꼉제치고 고자질하겠다는듯이 선뜻하다. 장판은 뼈가저리게 하지않으면 안절부절을 못하게 달른다.[11] 반닫이에 바른색종이는 눈으로보는 폭탄(爆彈)이다.

그저께는 그끄저께보다 여위고 어저께는 그저께보다 여위고 오늘은 어제보다 여위고 내일은 오늘보다 여윌터이고—나는 그럼 마지막에는 보송보송한 해골(骸骨)이되고말것이다.

이불쌍한 동물들에게 무슨 방법으로 죽을 먹이나. 나는 방탕한 장판위에 넘어져서 한없는 「죄」를 섬겼다(從事). 「죄」—나는 시냇물 소리에서 가을을 들었다. 마개뽑힌 가슴에 담을 무엇을 나는 찾았다.

11) 달른다: (기)달다. 타지 않는 단단한 물체가 열로 몹시 뜨거워지다.

그리고 스스로 달래었다. 가만있으라고, 가만 있으라고—

그러나 드디어 참다못하여 가을비가 소조(蕭條)하게 내리는 어느날 나는 화덕을 팔아서 냄비를 사고, 냄비를 팔아서 풍로를 사고, 냉장고를 팔아서 식칼을 사고, 유리그릇을 팔아서 사기그릇을 샀다.

처음으로 먹는 따뜻한 저녁밥상을 낯선 네조각의 벽이 에워쌌다. 육원—육원어치를 완전히 다살기위하여그는 방바닥에서 섣불리 일어서거나 하지는않았다. 언제든지 가구와같이 주저앉았거나 서까래처럼 돌아누웠거나하였다. 식을까봐 연거푸 군불을 때었고, 구들을 어디흠씬 얼구어보려고 중양(重陽)이 지난철에사나흘씩 검부래기[12] 하나 아궁이에 안 넣었다.

나는 나의 친구들의 머리에서 나의 번지수를 지워버렸다. 아니 나의 복장까지도 말갛게 지워버렸다. 은근히 먹는 나의 조석(朝夕)이 게으르게 나은육신

12) 검부래기: 검불의 부스러기.

에 만연하였다. 나의 영양의 찌꺼기가 나의피부에 지저분한 수염을 내었다. 나는 나의독서를 뾰족하게 접어서 종이비행기를 만든다음어린아이와같이 나의 자취 자기(自棄)를태워서 죄다 날려버렸다.

아무도 오지마라 안들일터이다. 내이름을 부르지 마라. 칠면조처럼 심술을 내기 쉬웁다. 나는 이속에서 전부를 살아버릴 작정이다. 이속에서는 아픈것도 거북한것도 동에 닿지않는[13] 것도 아무것도 없다. 그냥 쏟아지는것같은 기쁨이 즐거워할뿐이다. 내맨발이 값비싼 향수에 질컥질컥젖었다.

— × —

한달—맹렬한 절뚝발이의 세월—그동안에 나는 나의 성격의 서막을 닫아버렸다.

두달—발이마저들어왔다.

호흡은 깨끼저고리처럼 찰싹 안팎이 달라붙었다. 탄도(彈道)를 잃지않은 질풍이 가리키는대로 곧잘 가는 황금과같은 절정의 세월이었다. 그동안에 나

13) 동에 닿지 않는: '동이 닿다'는 '조리가 맞다'는 의미이므로, '동에 닿지 않는'이란 '조리에 맞지 않은'이라는 의미.

는 나의 성격을 서랍같은 그릇에대 담아버렸다. 성격은간데온데가없어졌다.

석달—그러나 겨울이 왔다. 그러나 장판이 카스텔라 빛으로 타들어왔다. 얄팍한 요한겹을 통해서 올라오는 온기는 가히 비밀을 그을을만하다. 나는 마지막으로 나의특징까지 내어놓았다. 그리고 단한가지 재주를샀다 송곳과같은—송곳노릇밖에못하는 — 송곳만도못한 재주를 — 과연 나는 녹슨송곳모양으로 멋동벗고 말러버리기도하였다.

— ◇ —

혼자서 나뿐짓을 해보고싶다 이렇게 어두컴컴한 방안에 표본과같이 혼자단좌하여 창백한얼굴로나는후회를기다리고있다 (끗)

권태(倦怠)

어서-차라리-어두워버리기나 했으면좋겠는데 -벽촌의 여름-날은 지루해서죽겠을만치 길다

동(東)에 팔봉산. 곡선은 왜 저리도 굴곡이없이 단조로운고?

서(西)를보아도 벌판, 남(南)을보아도 벌판, 북(北)을보아도 벌판, 아-이벌판은 어쩌자고 이렇게 한이없이 늘어놓였을꼬? 어쩌자고 저렇게까지 똑같이 초록색 하나로 되어먹었노?

농가가 가운데 길하나를 두고 좌우로 한 10여호씩 있다. 휘청거린 소나무기둥 흙을주물러바른 벽강낭대로둘러싼 울타리, 울타리를 덮은 호박넝쿨 모두가 그게 그것같이 똑같나.

허제보던 답싸리나무 오늘도보는 김서방 내일도 보아야할 신둥이 검둥이

해는 백도가까운볕을 지붕에도 벌판에도 뽕나무에도암탉꼬랑지에도내려쪼인다. 아침이나저녁이나 뜨거워서 견딜수가없는 염서(炎署)계속(繼續)이다

나는아침을먹었다. 할일이 없다. 그러나 무작정 널따란 백지같은 『오늘』이라는것이내앞에 펼쳐져 있으면서 무슨 기사라도 좋으니 강요한다 나는무엇이고하지않으면안된다. 무엇을해야할것인가연구해야도니다. 그럼-나는최성방네집사랑 툇마루로장기나두러갈까. 그것 좋다.

최서방은 들에나갔다. 최서방네사랑에는 아무도 없나보다. 최서방의 조카가 낮잠을잔다. 아하-내가 아침을먹은것은 열시나 지난후니까 최서방의조카로서는 낮잠잘시간에틀림없다.

나는 최서방의조카를깨워가지고 장기를한판벌이기로한다. 최서방의자카와 열번두면열번 내가이긴다. 최서방의조카로서는 그러니까 나와 장기둔다는 것 그것부터가권태다. 밤낮두어야 마찬가지일 바에

는 안두는것이 차라리 나았지—그러나 안두면 또 무엇을하나? 둘밖에없다.

지는것도 권태어늘 이기는것이 어찌 권태아닐수 있으랴? 열번두어서 열번내리이기는장난이란 싱거운장난이다. 나는 참 싱거워서 견딜수없다.

한번쯤 져주리라. 나는한참 생각하는체하다가 슬그머니 위험한자리에 장기조각을 갖다놓는다. 최서방의조카는 하품을 쓱 한번하더니 이윽고 둔다는것이 딴천이다. 의례히 질것이니까 골치아프게 수를보고 어쩌고하기도싫다는 사상이리라 아무렇게나 생각나는대로 장기를 갖다놓고는 그저 얼른얼른 끝을내어 져줄만큼져주면 이 상승(常勝)장군(將軍)은 이 압도적권태를 이기지못해제출물에[1] 가버리겠지 하는사상이리라. 가고나면 또 낮잠이나 잘작정이리라.

나는 부득이 또 이긴다 인제 그만두잔다. 물론 그만두는수밖에없다. 일부러 져준다는것조차가 어려운일이다. 나는 왜 저 최서방의조카처럼 아주 영영

1) 제 출물에: 제 생각대로 하는 바람에.

방심상태가 되어버릴수가없나? 이 질식(窒息)할것 같은권태속에서도 사세(些細)한승부(勝負)에포속(拘束)을받나? 아주 바보가 되는수는없나?

내게 남아있는 이 치사스러운인간(人間)이욕(利慾)이 다시없이 밉다. 나는 이 마지막것을 면해야한다. 권태를인식하는 신경마저버리고 완전히 허탈해버려야한다.

나는 개울가로간다. 가물로하여 너무나 빈약한물이 소리없이 흐른다. 뼈처럼앙상한 물줄기가 왜 소리를 치지않나?

너무더웁다. 나뭇잎들이다 축 늘어져서 허덕허덕하도록 더웁다. 이렇게 더우니 시냇물인들 서늘한 소리를내어보는재간도없으리라.

나는 그물가에 앉는다. 앉아서 자-무슨제목으로 나는 사색해야할것인가 생각해본다. 그러나 물론 아무런제목도 떠오르지않는다.

그렇다면 아무것도생각말기로하자. 그저 한량없이넓은 초록색벌판, 지평선, 아무리변화하여보았댔자 결국 치열(稚劣)한곡예의성을벗어나지않는구름,

이런것을 건너다 본다.

지구표면적의100분의99가 이 공포의초록색이리라 그렇다면 지구야말로 너무나 단조무미한 채색이다 도회에는 초록이 드물다. 나는 처음 여기표착(漂着)하였을때 이 신선한초록빛에 놀랐고 사랑하였다. 그러나닷새가못되어서 이 일망무제(一望無際)의 초록색은 조물주의 몰취미와 신경의조잡성으로말미암은 무미건조한 지구의여백인것을발견하고 다시금놀라지않을수없었다.

어쩔작정으로 저렇게 퍼러냐. 하루왼종일 저 푸른빛은 아무짓도하지않는다오직 그 푸른것에 백치와같이 만족하면서 푸른채로있다.

이윽고 밤이오면 도 거대한구렁이처럼 빛을잃어버리고 소리도없이 잔다. 이 무슨 거대한 겸손이냐.

이윽고 겨울이오면 초록은실색(失色)한다. 그러나 그것은 남루(襤褸)를갈기갈기찢은것과 다름없는 추악한색채로변하는 것이다. 한겨울을두고 이황막하고추악한벌판을 바라보고 지내면서 그래도 자살(自殺) 민절(悶絶)하지 않는 농민들은불쌍하기도하려니와 거대한천치다.

그들의일생이 또한 이 벌판처럼 단조한권태일색으로 도포(塗布)된것이리라. 일할때는 초록벌판처럼 더워서숨이 콱콱 막히게 싱거울것이요 일하지않을때에는 겨울황원(荒原)처럼 거칠구구추레하게 싱거울것이다.

그들에게는 흥분(興奮)이없다. 벌판에벼락이떨어져도 그것은 뇌성(雷聲)끝에가끔있는다반사에지나지않는다. 촌동(村童)이 범에게물려가도 그것은 맹수가사는산촌에 가끔있는 신벌(神罰)에지나지않는다. 실로 전선주하나 없는벌판에서 그들이무엇을 대상으로 흥분할수있으랴.

팔봉산(八峯山) 등을넘어 철골전선주가 늘어섰다. 그러나 동선(銅線)은 이촌락에 엽서한장을 내려뜨리지않고 섯는채다. 동선으로는 전류도 통하리라. 그러나 그들의방이 아직도 송명(松明)으로 어두침침한이상 그 전선주들은 이 마을 동구에늘어선 포푸라나무와 조금도다를 것이 없다.

그들에게희망은있던가 가을에곡식이 익으리라?

그러나 그것은 희망은아니다. 본능이다.

내일. 내일도 오늘하든계속의일을해야지 이 끝없는 권태의내일은 왜 이렇게 끝없이있나? 그러나 그들은 그런것을생각할줄모른다. 간혹 그런의심이 전광과같이 그들의 흉리(胸裏)를스치는일이있어서도 다음 순간 하루의노역(勞役)으로말미암아 잠이오고만다.그러니 농민은참불행하도다. 그럼-이 흉악한 권태를자각할줄아는 나는 얼마나 행복된가.

댑싸리나무도 축 늘어졌다. 물은 흐르면서 가끔웅덩이를만나면 썩는다. 내가앉아있는데는 그런웅덩이가있다. 내앞에서 물은 조용히썩는다.

낮닭우는소리가 무던히한가롭다. 어제도울던 낮닭이 오늘도 또 울었다는외에 아무 흥미도없다. 들어도 금나 안들어도그만이다 다만 우연히 귀에들려왔으니까 그저들었달뿐이다

닭은 그래도 새벽, 낮으로 울기나한다 그러나 이 동리의개들은 짖지를않는다 그러면 모두 벙어리개들인가 아니다 그 증거로는 이 동리사람아닌내가 돌팔매질을하면서위협하면 10리나달아나면서 나를

돌아다보고 짖는다

그렇건만 내가 아무 그런 위험한짓을하지않고 지나가면 천리나먼데서온외인 더구나 안면이 이처럼 창백하고 봉발(蓬髮)[2]이작소(鵲巢)[3]를이룬기이한 풍모를쳐다보면서도 짖지 않는다 참 이상하다 어째서 여기 개들은 나를보고 짖지를않을까? 세상에도 희귀한 겸손한 겁쟁이 개들도 다많다

이 겁쟁이개들은 이런나를보고도짖지를않으니 그럼 대체 무엇을보아야 짖으랴?

그들은 짖을일이없다 여인(旅人)은 이곳에오지않는다 오지않을뿐만아니라 국도연변(國道沿邊)에있지않는 이촌락을 그들은 지나갈일도 없다. 가끔 이웃마을의 김서방이 온다. 그러나 그는 여기최서방과 똑 같은 복장과 피부색과사투리를가졌으니 개들이 짖어무엇하랴. 이빈촌에는 도적이없다. 인정있는 도적이면 여기 너무나 빈한한색시들을 위하여훔친바 비녀나반지를 가만히 놓고가지않으면 안되리라.

---

2) 봉발: 쑥대머리로 더부룩하게 엉클어진 머리털.

3) 작소: 까치집.

도적에게는 이마을은 도적의 도심(盜心)을도적맞기 쉬운 위험한 지대(地帶)리라.

그러니 실로 개들이 무엇을보고 짖으랴. 개들은너무나 오랜동안–아마 그 출생당시부터–짖는버릇을 포기한채 지내왔다. 몇대를두고 짖지않은 이곳견족(犬族)들은 드디어 짖는다는 본능을 상실하고 만것이리라. 이제는 돌이나 나무토막으로얻어맞아서 견딜수없을만큼아파야 겨우 짖는다. 그러나 그와같은본능은 인간에게도 있으니 특히개의 특징으로쳐둘 것은 못되리라.

개들은 대개 제가 길리우고있는 집 문간에가앉아서 밤이면밤잠 낮이면 낮잠을 잔다. 왜?그들은 수위(守衛)할 아무 대상도 없으니까다.

최성방네집개가 이리로온다. 그것을 김서방네집개가 발견하고 일어나서 영접(迎接)한다. 그러나 영접해본댔자 할 일이 없다. 양구(良久)[4]에 그들은 헤어진다.

4) 양구: 시간이 꽤 오래 지나서.

설레설레 길을걸어본다. 밤낮다니던길, 그길에는 아무것도 떨어진것이없다. 촌민들은 한여름 보리와 조를 먹는다. 반찬은 날된장 풋고추다. 그러니 그들의부엌에조차 남는것이 없겠거늘 하물며 길가에 무엇이 족히 떨어져있을수있으랴.

길을걸어본댓자 소득이없다. 낮잠이나 자자. 그리하여 개들은 천부(天賦)의 수위술(守衛術)을 망각하고 낮잠에 탐닉하여버리지않을수없을만큼 타락(墮落)하고말았다.

슬픈일이다. 짖을줄모르는 벙어리개, 지킬줄모르는게으름뱅이개, 이 바보개들은 복날 개장국을 끌여먹기위하여 촌민의희생이 된다. 그러나 불쌍한개들은 음력도 모르니 복날은 몇날이나남았나 전연 알길이 없다. 이마을에는 신문도오지않는다. 소위 승합자동차라는것도통과하지않으니 도회의소식을 무슨방법으로알랴?

오관(五官)이 모조리 박탈된것이나 다름없다. 답답한하늘 답답한지평선 답답한풍경 답답한풍속가운데서 나는 이리디굴저리디굴 구르고싶을만치 답답해하고 지내야만된다.

아무것도 생각할수없는상태이상으로 괴로운상태가 또 있을까. 인간은 병석에서도 생각한다. 아니 병석에서는 더욱 많이생각하는법이다. 끝없는권태가 사람을엄습하였을때 그의동공은내부를향하여 열리리라. 그리하여 망살(忙殺)[5]할때보다도 몇배나 더 자신의내면을성찰할수있을것이다.

현대인의 특질이오 질환인 자의식(自意識)과잉(過剩)은 이런 권태치 않을수없는 권태계급의 철저한 권태로말미암음이다. 육체적한산 정신적권태이것을 면할수없는 계급이 자의식과잉의절정을표시한다.

그러나 지금 이 개울가에앉은나에게는 자의식과잉조차가 폐소(閉銷)되었다.

이렇게한산한데 이렇게 극도의권태가있는데 동공은내부를향하여열리기를 주저한다.

아무것도 생각하기싫다. 어제까지도 죽는것을생각하는것하나만은 즐거웠다. 그러나 오늘 그것조차

---

5) 망살: 몹시 바쁨.

가 귀찮다. 그렇면 아무것도생각하지말고 눈뜬채졸기로하자

더워죽겠는데 목욕이나할까. 그러나 웅덩이물은 썩었다. 썩지않은물을 찾아가는것은 귀찮은일이고—

썩지않은물이 여기 있다기로서니 나는목욕하지않았으리라. 옷을벗기가 귀찮다. 아니—그보다도 그 창백하고 앙상한수구(瘦軀)[6]를 백일아래널어말리는파렴치를 나는 견디기어렵다.

땀이 옷에배이면? 배인채 두자.

그렇다하더라도 이더위는 무슨더위냐. 나는 내가 있는 집으로돌아와서 세수를하기로한다. 나는 일어나서 오던길을돌치는도중에서 교미하는개한쌍을만났다. 그러나 인공의기교가없는 축류(畜類)의교미는 풍경이권태그것인것같이 권태그것이다. 동리 동해(童孩)들에게도 젊은촌부들에게도 흥미의대상이 못되는 이 개들의교미는 또한내게 있어서도 흥미의 대상이되지않는다.

---

6) 수구: 수척한 몸.

함석대야는 그 본연의빛을 일찍이 잃어버리고 그들의피부색과같이 붉고검다. 아마 이집주인아주머니가 시집올때 가지고온것이리라.

세수를해본다. 물조차가미지근하다. 물조차가 이무지한더위에는 견딜수없었나보다. 그러나 세수의 관례대로 세수를마친다.

그리고 호박넝쿨이 축 늘어진 울타리밑 호박넝쿨의 뿌리돋힌데를 찾아서그 물을 준다. 너라도 좀 생기를내라고.

땀내나는수건으로 얼굴을 훔치고 툇마루에걸터앉아자니까 내가 세수할때 내곁에늘어섰던 주인집 아이들 넷이 제각기 나를본받아그 대야를사용하여 세수를한다.

저 애들도 더워서저러는구나. 하였더니 그렇지않다. 그애들도 나처럼 일거수일투족을어찌하였으면 좋을까 당황해하고있는 권태들이었다. 다만 내가 세수하는것을보고 그럼우리도 저사람처럼 세수나 해볼까 하고 따라서 세수를해보았다는데지나지않는다.

원숭이가 사람의 흉내를 내는것이 내눈에는 참 밉다. 어쩌자고 여기아이들이 내 흉내를 내는것일까? 귀여운 촌동들을 원숭이를 만들어서는 안된다.

나는 다시 개울가로 가 본다. 썩은물 늘어진댑싸리 외에 아무것도없다. 그러나 나는 거기 앉아서 이번에는 그 썩는중의 웅덩이속을 들여다본다.

순간 나는 진기한현상을 목도한다. 무수한오점이 방향을정돈해가면서 움직이고 있는것이다. 이것은 생물임에틀림없다. 송사리떼임에틀림없다.

이부패한소택(沼澤)속에 이런 앙증스러운어족이 서식하리라고는 나는 참 꿈에도생각하지못했다.

요리몰리고 조리몰리고역시 먹을것을 찾음이리라 무엇을먹고사누 벌러지를먹겠지. 그러나 송사리보다도더 작은 벌러지라는것이 있을까?

잠시를 가만있지않는다. 저므도록 움직인다. 대략 같은동기와 같은모양으로들그러는것같다. 동기! 역시 송사리의세계에도 시급한목적이 있는모양이다.

차츰차츰 하류를향하여군중적으로 이동한다. 저렇게 하류로하류로만 가다가 떠 어쩔작정인가. 아니 그들은 중로(中路)에서 또 상류를 향하여 거슬러 올라올는지도모른다. 그러나 당장 하류로향하여가고있는것이확실하다. 하류로 하류로!

5분후에는 그들의 모양이 보이지않을만치 그들은 멀리 하류로내려갔다. 그리고 웅덩이는 아까와같이 도로 썩은 물의웅덩이로 조용해지고 말았다.

고웅덩이속에 고런 맹랑한 현상이잠복해있을수있다니—하고 나는 적잖이 흥분했다. 그러나 그현상도소낙비처럼 지나가고 말았으니잊어버리고 그만두는수밖에.

나는 그자리에서일어나서 풀밭으로가보기로한다. 풀밭에는 암소한마리 있다.

소의뿔은 벌써 소의무기는아니다. 소의뿔은 오직 안경의재료일따름이다. 소는사람에게 얻어맞기로위주니까 소에게는 무기가 필요없다. 소의뿔은 오직 동물학자를 위한표식이다. 야우(野牛)시대(時代)에는 이것으로적을돌격한일도있습니다—하는 마치 폐병(廢兵)의가슴에달린훈장처럼 그추억성이 애상적이다.

암소의뿔은 수소의그것보다도 더한층 겸허하다. 이 애상적인뿔이 나를받을리없으니 나는 마음놓고 그곁 풀밭에가 누워도좋다. 나는 누워서 위선 소를 본다.

소는 잠시 반추(反芻)를그치고 나를응시(凝視)한다. 『이사람의얼굴이 왜이리창백하냐 아마 병인인가보다 내생명에위해를가하려는거나 아닌지나는조심해야 되지』

이렇게 소는 속으로 나를심리(審理)하였으리라. 그러나 5분후에는 소는 다시 반추(反芻)를계속하였다. 소보다도 내가마음을놓는다.

소는 식욕의즐거움조차를 냉대할수있는 지상최대의권태자다.얼마나 권태에지질렸길래 이미 위에들어간식물을 다시게워 그시금털털한반소화물(半小貨物)의미각(味覺)을 열설적으로향락하는체 해보임이리오?

소의체구가크면클수록 그의권태도 크고슬프다. 나는 소앞에누워 내세균같이사소한고독을겸손하면서 나도 사색의반추는가능할는지 불가능할는지 몰래좀생각해본다.

길복판에서 육칠인의 아이들이놀고있다. 적발동부(赤髮銅膚)[7]의반라군(半裸群)이다. 그들의혼탁한 안색 흘린콧물 둘른베두렝이 벗은웃통만을가지고는 그들의성별조차 거의 분간할수없다.

그러나 그들은 여아(女兒)가아니면남아(男兒)요 남아(男兒)가아니면여아(女兒)인 결국에는 귀여운 오륙세내지칠팔세의 「아이들」임에는틀림이없다. 이 아이들이 여기 길 한복판을선택하여 유희하고있다.

돌맹이를 주워온다. 여기는 사금파리도 벽돌조각도 없다. 이빠진그릇을 여기 사람들은 버리지않는다.

그리고는 풀을뜯어온다. 풀－이처럼평범한것이 또있을까. 그들에게있어서는 초록빛의물건이란 어떤것이고 간에 다시없이 심심한것이다. 그러나 곡식을뜯는것도 금제(禁制)니까 풀밖에없다.

돌맹이로 풀을지찧는다 푸르스레한물이 돌에가염색된다. 그러면 그돌과그풀은 팽개치고 또 다른풀

7) 적발동부: 빡빡 깎은 대머리에 구릿빛 피부.

과다른돌맹이를가져다가 똑같은짓을 반복한다. 한십분동안이나아무말없이 잠자코 이렇게놀아본다.

십분만이면 권태가온다. 풀도싱겁고 돌도싱겁다. 그러면그외에 무엇이있나? 없다.

그들은 일제히 일어선다 질서도없고 충동의재료도없다. 다만 그저 앉았기싫으니까 이번에는 일어서보았을뿐이다.

일어서서 두팔을 높이 하늘을향하여쳐든다. 그리고 비명에가까운소리를질러본다. 그러더니 그냥 그자리에서들 겅중겅중 뛴다. 그러면서 그비명을겸(兼)한다.

나는 이 광경을보고 그만 눈물이났다. 여북하면 저렇게놀까. 이들은 놀줄조차모른다. 어버이들은 너무가난해서 이들 귀여운애기들에게 장난감을사다줄수가없었던것이다.

이 하늘을향하여두팔을뻗치고 그리고소리를지르면서 뛰는그들의유희가 내눈에는 암만해도유희같이생각되지않는다. 하늘은 왜저렇게어제도오늘도내일도푸르냐, 산은 벌판은 왜저렇게어제도오늘도내일도푸르냐는조물주에게대한 저주의비명이 아니고 무엇이랴.

아이들은 짖을줄조차모르는 개들과놀수는없다. 그렇다고 먹이찾느라고눈이벌건닭들과놀수도없다. 아버지도 어머니도 너무나바쁘다. 언니오빠조차바쁘다. 역시 아이들은 아이들끼리노는수밖에없다. 그런데 대체 무엇을가지고 어떻게놀아야하나 그들에게는 장난감하나가없는그들에게는 영영 엄두가 나지를않는것이다. 그들은이렇듯불행하다.

그짓도 5분이다. 그이상 더길게 이짓을하자면 그들은피로할것이다. 순진한그들이 무슨까닭에피로해야되나? 그들은 우선 싱거워서 그짓을그만둔다.

그들은 도로 나란히앉는다. 앉아서 소리가없다. 무엇을하나. 무슨종류의 유희인지 유희는 유희인모양인데—이 권태의 왜소인간들은 또 무슨 기상천외의 유희를 발명했나.

5분후에 그들은 비키면서 하나씩둘씩일어선다. 제각각 대변을 한무데미씩 누어놓았다. 아—이것도 역시 그들의유희였다. 속수무책의그들 최후의창작

유희였다. 그러나 그중한아이가영 일어나지를않는다. 그는 대변이나오지않는다. 그럼그는 이번유희의 못난낙오자에틀림없다. 분명히 다른아이들 눈에 조소의빛이보인다. 아— 조물주여 이들을 위하여 풍경과 완구를 주소서.

날이 어두웠다. 해저(海底)와같은밤이오는것이다. 나는 자못 이상하다.

가만히 생각해보면 나는 배가 고픈모양이다. 이것이 정말이라면 그럼 나는 어째서 배가고픈가. 무엇을했다고 배가고픈가.

주기부패작용이나하고 있는웅덩이속을 실로 송사리떼가쏘다니고 있더라. 그럼 내 장부(臟腑)속으로도 나로서 자각할수없는 송사리떼가 준동(蠢動)[8]하고 있나보다. 아무렇든 나는아니먹을수는없다.

밥상에는 마늘짱아찌와 날된장과 풋고추조림이 실성(實性)의 법칙처럼 놓여있다. 그러나 먹을때마다 이음식이 내입에 내혀에 다르다. 그러나 나는 그

8) 준동: 벌레 따위가 꿈적거린다는 뜻으로, 불순한 세력이나 보잘것없는 무리가 법석을 부림을 이르는 말.

까닭을 설명할수없다.

마당에서 밥을먹으면 머리위에서 그무수한 별들이 야단이다. 저것은 또어쩌라는것인가. 내게는 별이 천문학(天文學)의 대상될수없다. 그렇다고 시상(詩想)의대상도아니다. 그것은 다만 향기도촉감도 없는 절대권태의 도달할수없는 영원한피안(彼岸)이다. 별조차가 이렇게싱겁다.

저녁을마치고 밖으로나와 보면 집집에서는 모깃불의 연기가 한창이다.

그들은 마당에서 멍석을 펴고잔다. 별을쳐다보면서 잔다. 그러나 그들은 별을 보지않는다. 그증거로는 그들은 멍석에눕자마자 눈을 감는다. 그리고는 눈을감자마자 쿨쿨 잠이든다. 별은 그들과 관계없다.

나는 소화를촉진시키느라고 길을 왔다갔다한다. 돌칠적마다 멍석위에누운사람의 수가 늘어간다.

이것이 시체와 무엇이다를까? 먹고잘줄아는 시체―나는 이런실례(失禮)로운생각을정지해야만되겠다. 그리고 나도 가서 자야겠다.

방에돌아와 나는 나를살펴본다. 모든것에서 절연

된 지금의 내생활—자살의단서조차를 찾을길이없는 지금의 내 생활은 과연 권태의극 권태그것이다.

그렇건만 내일이라는것이있다 다시는 날이새이지않은 것같기도한밤 저쪽에 또내일이라는놈이한개버티고서있다마치흉맹(凶猛)한형사처럼—

나는 그 형사를피할수없다 오늘이되어버린내일속에서또나는 질식할만치심심해야 되고기막힐만치답답해해야 된다

그럼 오늘하루를 나는 어떻게지냈던가이런것은생각할필요가없으리라그냥자다가 불행히—아니 다행히또깨거든최서방의조카와장기나또한판두지웅덩이에가서송사리를볼수도있고—몇가지안남은기억을소처럼—반추하면서끝없는나태를즐기는방법도있지않으냐

불나비가달려들어불을끈다불나비는죽었든지화상을입었으리라그러나불나비라는놈은사는방법을아는놈이다불을보면뛰어들줄을알고—평상에불을초조히찾아다닐줄도아는 정열의생물이니말이다.

그러나 여기 어디 불을 찾으려는정열이 있으며 뛰

어들불이있느냐. 없다. 나에게는 아무것도없고 아무것동벗는내눈에는 아무것도보이지않는다.

암흑은 암흑인이상 이좁은방것이나 우주에꽉찬것이나 분량상차이가없으리라. 나는 이 대소없는 암흑가운데누워서 숨쉴것도 어루만질것도 또 욕심나는것도 아무것도없다. 다만 어디까지가야끝이날지 모르는내일 그것이또 창밖에 등대(登待)하고있는것을 느끼면서 오들오들 떨고있을뿐이다

12월 19일 미명, 동경서

김유정(金裕貞)

: 소설체로 쓴 김유정론

암만해도 성을 안 낼 뿐만 아니라 누구를 대할 때든지 늘 좋은 낯으로 해야 쓰느니 하는 타입의 우수한 견본이 김기림(金起林)이라.

좋은 낯을 하기는 해도 적이 비례를 했다거나 끔찍이 못난 소리를 했다거나 하면 잠자코 속으로만 꿀꺽 업신여기고 그만두는, 그러기 때문에 근시안경을 쓴 위험인물이 박태원(朴泰遠)이다.

업신여겨야 할 경우에 "이놈! 네까진 놈이 뭘 아느냐"라든가 성을 내면 "여! 어디 뎀벼 봐라"쯤 할 줄 아는, 하되, 그저 그럴 줄 알다뿐이지 그만큼 해두고 주저앉는 파(派)에, 고만 이유로 코밑에 수염을 저축한 정지용(鄭芝溶)이 있다.

모자를 홱 벗어던지고 두루마기도 마고자도 민첩하게 턱 벗어던지고 두 팔 훌떡 부르걷고 주먹으로는 적의 벌마구니[1]를, 발길로는 적의 사타구니를 격파하고도 오히려 행유여력(行有餘力)에 엉덩방아를 찧고야 그치는 희유(稀有)의 투사가 있으니 김유정(金裕貞)이다.

누구든지 속지 마라. 이 시인 가운데 쌍벽과 소설가 중 쌍벽은 약속하고 분만(分娩)된 듯이 교만하다. 이들이 무슨 경우에 어떤 얼굴을 했댔자 기실은 그 즐만(騭慢)[2]에서 산출(算出)된 표정의 데포르마시옹(변형) 외의 아무것도 아니니까 참 위험하기 짝이 없는 분들이라는 것이다.

이분들을 설복할 아무런 학설도 이 천하에는 없다. 이렇게들 또 고집이 세다.

나는 자고로 이렇게 교만하고 고집센 예술가를 좋아한다. 큰 예술가는 그저 누구보다도 교만해야 한

---

1) 벌마구니: 볼(뺨)의 사투리.

2) 즐만: 매우 교만함.

다는 일이 내 지론이다.

다행히 이 네 분은 서로들 친하다. 서로 친한 이분들과 친한 나 불초(不肖) 이상(李箱)이 보니까 여상(如上)의 성격의 순차적 차이가 있는 것은 재미있다. 이것은 혹 불행히 나 혼자의 재미에 그칠지는 우려지만 그래도 좀 재미있어야 되겠다.

작품 이외의 이분들의 일을 적확히 묘파해서 써내 비교교우학(比較交友學)을 결정적으로 여실히 하겠다는 비장(悲壯)한 복안(腹案)이거늘,

소설을 쓸 작정이다. 네 분을 각각 주인으로 하는 네 편의 소설이다.

그런데 족보에 없는 비평가 김문집(金文輯) 선생이 내 소설에 오십구점이라는 좀 참담한 채점을 해 놓으셨다. 오십구점이면 낙제다. 한 끝만 더 했더면 — 그러니까 서울말로 '낙째 첫찌'다. 나는 참 참담했습니다. 다시는 소설을 안 쓸 작정입니다—는 즉 거짓말이고, 이 경우에 내 어쭙잖은 글이 네 분의 심사를 건드린다거나 읽는 이들의 조소를 산다거나 하지나 않을까 생각을 하니 아닌게아니라 등어리가

꽤 서늘하다.

그렇거든 오십구점짜리가 그럼 그렇지 하고 그저 눌러 덮어 주어야겠고 뜻밖에 제법 되었거든 네 분이 선봉을 서서 김문집 선생께 좀 잘 좀 말해 주셔서 부디 급제 좀 시켜 주시기 바랍니다.

김유정 편(篇)

이 유정은 겨울이면 모자를 쓰지 않는다. 그러면 탈모가? 그의 그 더벅머리 위에는 참 우글쭈글한 벙거지가 얹혀 있는 것이다. 나는 걸핏하면,

"김형! 그 김형이 쓰신 모자는 모자가 아닙니다."

"김형[3]! (이 김형이라는 호칭인즉슨 이상을 가리키는 말이다) 거 어떡허시는 말씀입니까."

"거 벙거지, 벙거지지요."

"벙거지! 벙거지! 옳습니다."

---

3) 김형: 이상의 본명은 김해경(金海卿).

태원도 회남(懷南)도 유정의 모자 자격을 인정하지 않는다. 벙거지라고밖에!

엔간해서 술이 잘 안 취하는데 취하기만 하면 딴 사람이 되고 만다. 그것은 무엇을 보고 아느냐 하면 —

보통으로 주먹을 쥐이고 쓱 둘째 손가락만 쪽 펴면 사람 가리키는 신호가 되는데 이래 가지고는 그 벙거지 차양 밑을 우벼파면서 나사못 박는 흉내를 내는 것이다. 하릴없이 젖먹이 곤지곤지 형용에 틀림없다.

창문사(彰文社)에서 내가 집무랍시고 하는 중에 떠억 나를 찾아온다. 와서는 내 집무 책상 앞에 마주 앉는다. 앉아서는 바윗덩어리처럼 말이 없다. 낸들 또 무슨 그리 신통한 이야기가 있으리요. 그저 서로 벙벙히 앉았는 동안에 나는 나대로 교정 등속 일을 한다. 가지가지 부호를 써서 내가 교정을 보고 있노라면 그는 불쑥,

"김형! 거 지금 그 표는 어떡허라는 표구요."

이런다. 그럼 나는 기가 막혀서,

"이거요, 글자가 곤두섰으니 바루 놓으란 표지요."

하고 나서는 또 그만이다. 이렇게 평소의 유정은 뚱보다. 이런 양반이 그 곤지곤지만 시작되면 통성(通姓) 다시 해야 한다.

그날 나도 초저녁에 술을 좀 먹고 곤해서 한참 자는데 별안간 대문을 뚜드리는 소리가 요란하다. 한 시나 가까웠는데— 하고 눈을 비비며 나가 보니까 유정이 B군과 S군과 작반(作伴)해 와서 이 야단이 아닌가. 유정은 연해 성히 곤지곤지중이다. 나는 일견에 '익키! 이건 곤지곤지구나' 하고 내심 벌써 각오한 바가 있자니까 나가잔다.

"김형! 이 유정이가 오늘 술, 좀, 먹었습니다. 김형! 우리 또 한잔 허십시다."

"아따 그러십시다그려."

이래서 나도 내 벙거지를 쓰고 나섰다.

나는 단박에 취해 버려서 역시 그 비장의 가요를 기탄없이 내뿜은가 싶다. 이렇게 밤이 늦었는데 가

무음곡(歌舞音曲)으로써 가구(街衢)를 소란케 하는 것은 법규상 안 된다. 그래 주파(酒婆)가 이러니저러니 좀 했더니 S군과 B군은 불온하기 짝이 없는 언사로 주파를 탄압하면, 유정은 또 주파를 의미 깊게 흘낏, 한번 흘겨보더니,

"김형! 우리 소리합시다."

하고 그 척척 붙어 올라올 것 같은 끈적끈적한 목소리로 강원도 아리랑 팔만구암자(八萬九庵子)를 내뽑는다. 이 유정의 강원도 아리랑은 바야흐로 천하일품의 경지다.

나는 소독젓가락으로 사기 추탕(鰍湯) 보시깃전을 갈기면서 장단을 맞춰 좋아하는데 가만히 보니까 한쪽에서 S군과 B군이 불화다. 취중 문학담(文學談)이 자연 아마 그리 된 모양인데 부전부전하게 유정이 또 거기 가 한몫 끼이는 것이다. 나는 술들이나 먹지 저 왜들 저러누, 하고 서서 보고만 있자니까 유정이 예의 그 벙거지를 떡 벗어던지더니 두루마기 마고자 저고리를 차례로 벗어 젖히고는 S군과 맞달라붙는 것이 아닌가.

싸움의 테마는 아마 춘원의 문학적 가치 운운이던 모양인데 어쨌든 피차 어지간히들 취중이라 문학은 저리 집어치우고 인제 문제는 체력이다. 빰도 치고 제법 태껸도들 한다. S군은 이리 비철 저리 비철 하면서 유정의 착의일식(着衣一式)을 주워 들고 바―로 뜯어말린답시고 한가운데 가 끼어서 꾸기적꾸기적하는데 가는 발길 오는 발길에 이래저래 피해가 많은 꼴이다.

놀란 것은 주파와 나다.

주파는 술은 더 못 팔아도 좋으니 이분들을 좀 밖으로 모셔 내라는 애원이다. 나는 B군과 협력해서 가까스로 용사들을 밖으로 끌고 나오기는 나왔으나 이번에는 자동차가 줄대서 왕래하는 대로 한복판에서들 활약이다. 구경꾼이 금시로 모여든다. 용사들의 사기는 백열화(白熱化)한다.

나는 섣불리 좀 뜯어말리는 체하다가 얼떨결에 벙거지 벗어진 것이 당장 용사들의 군용화(軍用靴)에 유린을 당하고 말았다. 그만 나는 어이가 없어서 전선주에 가 기대 서서 이 만화를 서서히 감상하자니까―

B군은 이건 또 언제 어디서 획득했는지 모를 오합(五合)들이 술병을 거꾸로 쥐고 육모방망이 내휘두르듯 하면서 중재중인데 여전히 피해가 많다. B군은 이윽고 그 술병을 한번 허공에 한층 높이 내휘두르더니 그 우렁찬 목소리로 산명곡응(山鳴谷應)하라고 최후의 대갈일성(大喝一聲)을 시험해도 전황은 여전하다.

B군은 그만 화가 벌컥 난 모양이다. 그 술병을 지면 위에다 내던지고 가로대,

"네놈들을 내 한꺼번에 죽이겠다."

고 결의의 빛을 표시하더니 좌충우돌로 동에 번쩍 서에 번쩍 S군, 유정의 분간이 없이 막 구타하기 시작이다.

이 광경을 본 나도 놀랐거니와 더욱 놀란 것은 전사 두 사람이다. 여태껏 싸움 말리는 역할을 하느라고 하던 B군이 별안간 이처럼 태도를 표변하니 교전하던 양인이 놀라지 않을 수가 없다.

B군은 우선 유정의 턱밑을 주먹으로 공격했다. 경

악한 유정은 방어의 자세를 취하면서 한쪽으로 비키니까 B군은 이번에는 S군을 걷어찼다. S군은 눈이 뚱그래서 이 역 한켠으로 비키면서 이건 또 무슨 생각으로,

"너! 유정이! 뎀벼라."

"오냐! S! 너! 나헌테 좀 맞어 봐라."

하면서 원래의 적이 다시금 달라붙으니까 B군은 그냥 두 사람을 얼러서 걷어차면서 주먹 비를 내리우는 것이다. 두 사람은 일제히 공격을 B군에게로 모아 가지고 쉽사리 B군을 격퇴한 다음 이어 본전(本戰)을 계속중에 B군은 이번에는 S군의 불두덩을 걷어찼다. 노발대발한 S군은 B군을 향하여 맹렬한 일축(一蹴)을 수행하니까 이 틈을 타서 유정은 S군에게 이 또한 그만 못지않은 일축을 결행한다. 이러면 B군은 또 선수를 돌려 유정을 겨누어 거룩한 일축을 발사한다. 유정은 S군을, S군은 B군을, B군은 유정을, 유정은 S군을, S군은—

이것은 그냥 상상만으로도 족히 포복절도할 절경임에 틀림없다. 나는 그만 내 벙거지가 여지없이 파

멸한 것은 활연(豁然)히 잊어버리고 웃음보가 곧 터질 지경인 것을 억지로 참고 있자니까 사람은 점점 꼬여드는데 이 진무류(珍無類)의 혼전은 언제나 끝날는지 자못 행연하다.

이때 옆골목으로부터 순행하던 경관이 칼소리를 내면서 나왔다. 나와서 가만히 보니까 이건 싸움은 싸움인 모양인데 대체 누가 누구하고 싸우는 것인지 종을 잡을 수가 없는 것이다.

경관도 기가 막혀서,

"이게 날이 너무 춥더니 실진(失眞)들을 한 게로군."

하는 모양으로 뒷짐을 지고 서서 한참이나 원망한 끝에 대갈일성,

"가에렛(돌아가라)!"

나는 이 추운 날 유치장에를 들어갔다가는 큰일이겠으므로,

"곧 집으로 데리구 가겠습니다. 용서하십쇼. 술들이 몹시 취해 그렇습니다."

하고 고두백배(叩頭百拜)한 것이다.

경관의 두 번째 '가아렛' 소리에 겨우 이 삼국지

(三國誌)는 아마 종식하였던가 한다.

이 이야기를 듣고 태원이,

“거 요코미쓰 리이치(橫光利一)[4]의 기계 같소그려.”
하였다. (물론 이 세 동무는 그 이튿날은 언제 그런 일 있었더냐는 듯이 계속하여 정다웠다.)

유정은 폐가 거의 결딴이 나다시피 못쓰게 되었다. 그가 웃통 벗은 것을 보았는데 기구한 유신(庾身)이 나와 비슷하다. 늘,

“김형이 그저 두 달만 약주를 끊었으면 건강해지실 텐데.”
해도 막 무가내하(無可奈何)더니 지난 칠월달부터 마음을 돌려 정릉리(貞陵里) 어느 절간에 숨어 정양중(靜養中)이라니, 추풍이 점기(漸起)에 건강한 유정을 맞을 생각을 하면 나도 독자도 함께 기쁘다.

---

4) 요코미쓰 리이치(1898~1947): 일본의 소설가. 대표작으로 「기계(機械)」, 「문장(紋章)」, 「일륜(日輪)」 등이 있음.

불행(不幸)한 계승(繼承)

한여름 대낮 거리에 나를 배반하여 사람 하나 없다.

패북(敗北)에 이은 패북의 이행(履行), 그 고통은 절대한 것일 수밖에 없다.

나는 그것을 잘 알고 있다—자살마저 허용되지 않고 있다는 것을.

그래 그렇기에—

나는 곧 다시 즐거운 산 즐거운 바다를 생각하지 아니하면 아니된다. —달뜬 친절한 말씨와 눈길— 그리고 나는 슬퍼하기보다는 우선 괴로와하기부터 실천하지 아니하면 아니된다.

한여름 대낮 거리 사람들 모두 날 배반하여 허허

롭고야.

1

상(箱)은 참으로 후회하지 아니할까? 그렇진 않겠지. 그건 참을 수 없는 냉정함보다도 더욱 냉정하여 참을 수 없는 것. 그럼에도 불구하고 그는 기다리고 있다.

후회를 ―상(箱)에게서 후회하지 아니하는 시간은 더욱 위태하다는 그런 말일까. 그는 절실히 후회를 고대하고 있다.

그런 꼴이었다.

혼자서 못된 짓 하고 싶다. 난 이제 끝내 살아나지 못할 것 같다. 필경 살아나지 못할 테지.

허나 언제나 상(箱)과 꼬옥 같은 모양을 한, 바로 상(箱) 자신이 이 아니면 아니된다. 그림자보다도 불투명한 한 사나이가 그의 앞에 막아서면서 어정버정[1]하는 것이었다.

그는 그 빛바랜 세피어[2]색 그림자 앞에선 고개를 들지 못한다. 어차피 살아날 수 없는 것이라면, 혼자서 한껏 잔인한 짓을 해보고싶구나.

그래 상대방을 죽도록 기쁘게 하주고 싶다. 그런 상대는 여자—역시 여자라야 한다. 그래 여자라야만 할지도 모르지.

그래 그는 후회하지 아니했는가. 거듭될수록 오히려 후회는 심각해지지 아니했던가. 그럴 때 그의 지쳐버린 머리로 어떤 것을 생각했던가.

이 경우의 여자—그의 이른바 여자란 무엇인가.

상(箱)은 사실은 이토록 후회하고 있단 말이다. 그의 머리는—이성은, 참으로 그가 고대하고 있는 것은 물론 후회 같은 씁쓰레한 서툰 요리(料理)는 아니다. 후회하지 아니하고 되는 일.

그래 이번만은 후회하지 않고 되는 첩경을 찾아내리라.

아니 이거 무슨 물건이 바로 이 내 몸에 달라붙어서

1) 어정버정: 사이가 어그러지고 버그러져 서먹서먹한 모양.
2) 세피어: 오징어의 먹물에서 뽑아 만든 암갈색의 물감.

떨어지지 않기 때문이겠지. 요놈을 떼쳐버려야지―

그러나 그건 대체 무슨 놈일까

그는 이성은 멀쩡했었다. 그것이 보였을 만큼―그러나 그가 피로를 회복하기가 무섭게 이내 그의 그러한 이성은 다시 무디어지고 마는 것이었다.

그래 표본(標本)처럼 혼자 의자에 단좌하여 창백한 얼굴이 후회를 기다리고 있었던 것이다.

이제 금시 도어가 열리면 사건이―사건이라고 하기엔 너무나도 초라한 장난이, 혹은 친구의 호주머니에 혹은 미지의 남의 가십(gossip)[3]에 숨겨져 들어오지나 아니할까.

상(箱)은 보기에도 딱하게 벌벌 떨고 있었다.

아아, 후회하긴 싫다, 아무 것도 갖다주지 않는 게 좋겠다.

그렇지 그래, 오전중에 잘라 파는 꽃을 어린아이가 사러 온다. 그 뒤로는 반드시 그 꽃보다도 어린

3) 가십: 신문, 잡지 등에서 개인의 사생활에 대한 소문이나 험담 따위를 흥미 본위로 다룬 기사.

아이보다도 신선한 유혹이 전연 유혹이라는 그 면모를 바꿔가지고 제법 신나게 들어오는 것이었다.

2

목부용(木芙蓉)[4)]은 인사하듯 나가버렸다. 이젠 그 이상 그는 참을 수가 없다.

그도 그 뒤를 쫓아서 나간다.

읽다 만 교과서를 접기보다도 더욱 쉽게 육친 위에 덮쳐 오는 온갖 치욕마저 그의 앞서의 후회와 함께 치워 버리곤, 그는 행복한 곤충처럼 뛰어가는 것이다.

범죄 냄새가 나는 그러한 신식 좌석은 없을 것인가.

허나 그는 다시 공기총 가진 사람보다도 쉽게 그 비슷한 것을 발견해낸다. 그는 그만 미소하면서 인사를 하고 마는 것이다.

---

4) 목부용(木芙蓉): 부용. 연꽃의 다른 이름.

오늘밤은 둘이 함께 해야 하나보다. 그 언짢은 그림자의 사나이와 상은 한 의자 위에 걸터앉고 이젠 요리도 아주 한 사람 몫이다.

누이처럼 생각한 적도 있답니다.

케티 폰 나기같이 아름다운 오뎅집 딸한테 그는 인제 그야말로 전혀 의미없는 말을 한 마디 해보았다.

누굴 말입니까?(정말 별난 소리 다 한다. 누이처럼 생각했던 사람이란 대체 누구를 말하는 건가)

난 야단친 적도 있답니다, 좀 더 견문을 넓히라고요.

허어,

한데 그 여자와 악마가 걸으니까 거 참 지독한 절름발이었지요. 하지만 어느 쪽이 길고 어느 쪽이 짧은지는 전혀 알 수 없었지요.

나기양(孃)은 웃었다. 그건 상(箱)의 수다에 언제나 번쩍이는, 더럽게 기독교 냄새만 나는 사고방식을 슬쩍 조소한 것일까. 어떻든 그는 별안간 아연(啞然)해지고 말았다.

주기(酒氣)로 뻘개진 얼굴의 내면에 발그레 홍조가 도는 걸 느꼈다. 평소 그가 업신여기고 있던 것들이 실은 그로서 업신여겨선 안될 것들이라는 사실이 내심 몹시 창피했기 때문이다.

뭐 이런 건 이 언짢은 그림자의 사나이가 집게손가락으로 장난스런 주름살을 만들면서 나를 쿡쿡 찔러대기 때문이다.

(대단할 건 없다. 따돌려버려라) 해서—난 이후로도 그를 누이인 줄 알고 위로해 주곤 할 작정입니다.

나기양(孃)은 비로소 알아차린 것 같다. 허나 나기양(孃)을 깨우치게 한 그 한마디는 또 얼마나 세상에 어리석기 그지 없는 수작이었겠는가.

이상 야릇한 밤이었다. 허나 또 결정적인 밤이었다. 집 밖에서 저회(低徊)[5]하며 가지 않는 나그네가 그제서야 겨우 집안에다 짐을 부리운 것같은……

농후한 지방색(地方色) 사색에 결코 접근시켜선 안된다. 하나의 백금선(白金線)의 정체를 마침내 백일하(白日下)에 폭로하고 만 조롱 받아야 할 밤이 아니면 아니된다.

---

5) 저회: 머리를 숙이고 생각에 잠겨 왔다갔다 함.

단 한 줄기의 백금선(白金線)-(나기양(孃), 당신만 해도 모노그램(monogram)[6]과 같은 백금선의 바둑무늬란 말이오)

고단한 인생에 이건 또 부질없는 농담이다. 주기(酒氣)가 그의 혈액 속에 도도히 밀려 흐르고 있는 불행한 조상의 체취를 더욱 더 부채질하고 있다. 허나 이 경우만은 그는 제멋대로 여전히 불길한 호흡을 시작할 수는 없는 것 같았다.

피해자를 낼 만한 농담은 금해야 할 것이다. 그의 뇌리에 첫째로 떠는 금제(禁制)의 소리는 몽롱하나마 그것은 피해자에의 경계인 것 같았다.

그렇다, 상(箱)의 앞에 피해자는 육안(肉眼)이라는 조건을 가지고 상(箱)을 위협하는 포우즈를 계속할 것이다. 그것은 괴롭다.

차라리 이렇게 하자. 저 언짢은 그림자의 사나이가 나중에 무엇이라고 나무라든 아랑곳할 것이 뭐냐.

옳지, 하고 그는 후회보다도 더욱 냉정한 푼돈을

6) 모노그램: 두 개 이상의 글자를 한 글자 모양으로 도안한 것. 미술품의 서명 대신 쓰기도 하고, 인감으로 쓰기도 한다. 합일문자.

집어던지고는 오뎅집 콘크리이트 바닥을 차고 일어섰다.

그리곤 가을바람처럼 비틀거리면서 일로(一路)-

차압이다. 특히 네놈이 이번엔 지명 당하고 있단 말이다. 그런 기세로 상(箱)의 속도에는 시뻘거니 발홍(發紅) 한 노여움이 충만해 있었다.

3

불길한 예감에는 그는 무섭도록 민감했다. 불길한 사건 앞에선 반드시 무슨 일에나 불길한 조짐이 그를 괴롭히는 것이었다.

그는 이런 괴로움에서 벗어날 수는 없었다. 항상 전전긍긍하여 겁을 먹고 있지 아니하면 아니되었다.

머리 정수리를 분쇄당한 부동명왕(不動明王)[7] 같

7) 팔대 명왕의 하나. 중앙을 지키며 일체의 악마를 굴복시키는 왕으로, 보리심이 흔들리지 않는다 하여 이렇게 이른다. 오른손에 칼, 왼손에 오라를 잡고 불꽃을 등진 채 돌로 된 대좌에 앉아 성난 모양을 하고 있다.

이 그의 민감은 이미 전기의자 위에 단좌하고 있었다. 푸른 눈은 허망한 전방에 무형의 일점(一點)을 톡하여 불꽃 튀듯 응시하고 있었다. 아니나 다를까 -그렇다, 딱잘라 말하겠다. 그렇다, 하지만 그러면 나쁠까, 죄악이 될까, 부도덕이 될까.

그러는 소운(素雲)[8]의 한 마디에-상(箱)은 가슴팍 전면에 한 잎발[簾]의 미끄러져 내리는 소리를 들었다. 이것이 불길이었던가-허나 이젠 이것을 똑바로 볼 수는 없다. 발너머로 보이는 이 불길의 정체라는 건 그다지 대단한 것도 아닌 듯했다.

그렇다면 무엇일까- 한 걸음 앞에 있는 그는 아직껏 겁을 먹고 있다.

아까보다 더욱 한층 파랗게 질려 있다.

난 우정인지 뭔지를 통 믿지 않는다는 것쯤 알아채고 있을 게다.

이런 내 말의 근거일랑 그래 가령 우정에서라고 해두기로 하자. 그러고 보면 너는 살았고나?-이봐-

---

8) 소운: 김소운(1907~1981) 시인, 수필가.

가볍게 주먹으로 소운의 허리께를 쿡 찌르면서, 상(箱)은 울며 웃는 상판이었다. 이런 대 그는 가장 많이 가면을 사용하는 것인데, 그 가면이야 말로 상(箱)자신의 본얼굴에 제일 가까운 것인 줄을, 그 자신의 본얼굴을 한번도 보지 못한 사람으로선 결코 알아챌 수는 없다. 모르면 몰라도 상(箱) 자신조차-가 그 정교함에는 미처 주의하지 못한다.

이젠 더 내 평생엔 사랑을 한다든가 하는 기회는 없을 것이라고 단정하고 있었단다. 불긋불긋 녹슨 들판만 아득한 천리란다.

사귀면 손해본다. 허나 되려 반갑다. 두셋 친구 이외에 내 자살을 만류해줄 이유의 근원이 있을 턱이 없다.

자넨 혹은, 하필이면 네가 그러느냐 그럴지도 모른다. 허나 난 정당방위 그것마저 준비하고 있었단다-아니지, 어느 경우이건 놀림 받기는 싫단 말이야. 그래서 그 손쉬운, 즉 조그마한 희생을 택했던 게야. 이러한 점에서 내가 하수인이라는 책임을 지게 될지도 모르지만, 그 점에서만 말하자면 난 굳이 그 책임을 회피하려고 하지 않을 작정이다.

아니, 자넨 아주 무관심한 것 같군. 하나의 조롱거리를 얻은 것 같을지도 모르지. 허나,

이런 날에도 어찡다 떠오르는 추억의 조각 한강물 반짝이는 여름 햇살 보누나.

여름햇살이라고 한 것은 안좋다. 더더구나 안좋다.

(한여름 햇살이 퍼붓는 거리에 사람들은 나를 배반한 것이다. 한 사람도 없다. 허나 나 또한 즐거운 산 희롱거리는 해변을 생각할 것을 잊지는 아니한다. 지껄대는 친절한 말과 말. 정겨운 눈매—나는 거리를 쏘다니지 아니하면 아니된다. 한여름 살갗을 어여 흐르는 땀에 헐떡이면서 사람 하나 없는 거리를 쏘다니지 아니하면 아니된다.)

4

상(箱)은 그러나 조종을 받고 있었다. 그는 저 십년이 하루 같은 몸짓을 그만두지는 못한다. 산다는 것은 어쩌면 이다지도 재미없는 몸짓의 연속인 것일까.

허나 그만두든 그만두지 않든 인형 자신의 의사에 의하는 것은 아니다. 칠월 보름 밤 한강에 사람 많이 나온 것을 말하면서 주가(酒家)의 일부분(그는 쓰러지면 점원 아이의 물세례를 받을 것만 같았다……)

가랑비가 내리다가 이윽고 제법 쏟아져 내렸다. 사람들은 그래도 흩어지려곤 하지 않았다. 그래 속세는 더욱 더 공기를 탁하게 해갔다.

타자꾸나

타자꾸나

꼭두각시 인형을 태운 보우트는 그 인형을 다시 조종하면서, 또 한사람에 의해 조종받고 있었다. 상(箱)은 어떻게 하면 좋단 말인가. 이 무슨 궁지. 그는 양말을 벗어 던지고 여차할 때 헤엄칠 준비를 했다. 허나 그는 헤엄쳤던가. 알고보면 그는 헤엄칠 줄 모르는 것이다.

무슨 생각에서일까. 배는 반드시 뒤집히는 거라고만 단정하고 있는 근거는 어디에 있단 말인가.

그는 전날밤의 그의 실언(失言)?을 상기해 보았다. 혹은 전복(轉覆)을 불러올 것같은-심장의 어떤 어두운 공기를 자아낼 것 같은-

무관심하다니, 무슨 소리냐?

이 한 마디가 과연 어떻게 받아졌을 것인가. 이제와서 생각해 보면, 그것은 분명 장외의 폭언이었다. 그렇지, 폭언이지.

상(箱)은 그 한 마디만을 뉘우쳤다. 묘한 데까지 손을 내밀고 싶어하는 놈 이라는 소리를 듣고 싶지 않기 때문에-

손을 내밀어? 어느 쪽이 손을 내밀었단 말이지? 아니면 손은 양쪽에서 함께 내밀었던 것일까. 우습기 짝이 없다. 사람을 우습게 보는군.

상(箱)은 소리를 내어(그때 그의 앞에 비굴한 몸

짓으로 막아 서는 자가 있었기에)

(비켜— 비키라니깐—)

언짢은 그림자의 사나이는 경악했다. 처음으로, 정녕 처음으로 그의 성난 꼴이 무서웠던 것이다. 위험햇, 뭘하고 있나?

바보 같군—물이야, 한강이란 말야—보우트는 크고 그리고 강물은 작다. 가랑비는 친절하지 뭐냐. 예서 난 혼자 낮잠을 자고 싶다.

난 젊어질 작정이야—(그리고 상(箱)은 한꺼번에 10년이나 늙을 작정이야)

그러면서 소운(素雲)은 무엇인지 상(箱)에게 몰래 명령했다. 알고 있어. 난 그렇게 할게. 산다, 살지 못한다 그런 문제가 아니야. 자존심, 이건 또 어쩌면 이렇게도 낡은 장난감 훈장일까. 결코 그런 건 아니다. 그런 식으론 진짜 어쩌지는 못할걸.

그럼 왜? 왜 잠자코 보우트를 둘이서 탔느냐 말이다. 반대—소운(素雲)이 물에 빠지면 그는 배 안에 점잖이 있어야 하는 것쯤은 알고 있었을 게다. 알고 있었지. 허나 이건 「하는 후회」가 아닌 「있는 후회」

가 시킨 일일 게다.

기슭 위에 있는 것은 모두가 따스하다. 그리고 배 안에 있는 그는 차겁다. 그리고 그가 기슭에 있을 땐, 후회 때문에 모두가 반대가 아니면 아니되었다.

피하지 아니하면 아니되는 것, 피해서 안전한 것을 어째서 피하지 아니하였는냐 말이다. 한 줄기의 백금선을 백일에 드러냈던 때의 후회—아니다—

그래 그것은 나중이냐, 아니면 정녕 먼저냐? 예감이라니 정말이냐.

허나 분명 얻은 것은 아니다. 무엇인가 송두리채 잃은 것만은 사실이다.

속일 순 없다. 이건 도 치명적인 결석이었다.

무엇일까. 누이인 줄 알고 있던 두 가지의 성격을 두 가지의 방법으로 생각했던 그것일까. 아니면, 한꺼번에 십년후로 후퇴해버린 자신의 위치일까. 아니면, 십년이란 먼 곳에 미소짓는 해변의 소운(素雲)—그 친구일까.

아니면, 그것들과는 전혀 다른 그 무엇일까.

5

훗훗한 풀냄새가 코를 쿠욱 찔러 왔다. 피로한 두 사람은 어렴풋한 어둠 속에서 께느른하게[9] 잠자고 있다. 모든 직업, 모든 실망, 모든 무료를 분담하면서 시방 두 사람이 내려다보고 있는 주택군—그 속에서 사람들은 역시 서로 사랑하고 있는 것일까. 역시 걱정을 하고들 있을 테지. 보게, 이렇게.

이 레일은 경의선(京義線)[10]이었나.

예전의 그, 지금은 근교일주(近郊一周), 동경의 성선(省線)[11] 같은 거지. 한번 타보지 않겠나, 천하태평한 기차라구. 동녘이 밝아왔구먼.

자아, 가자구. 그러지 말고 가자구. 고집부리지 말고. 멋꼬라지 없게, 새삼스레, 자아, 자아.

그렇지. 상(箱)은 결국 감나히 있을 수는 없었다. 가만히 있는다는 것은—전연 손을 내밀지 않는다는

---

9) 께느른하게: 몸을 움직이고 싶지 않을 만큼 느른하다.

10) 1906년 4월에 개통한 서울과 신의주를 잇는 철도.

11) 동경 시내 주변을 도는 전찻길.

것. 그래, 그렇게 하려고 한다면 대체 그는 어떻게 하고 있으면 좋단 말인가. 결국 가만히 있는 것. 그런 일은 있을 수 없거든.

가만히 있기는커녕, 정녕 가만히 있진 못하겠다. 이건 또 불가사의한 처지인 것 같았다. 왜 가만히 있지 못한단 말인가?

소운(素雲)은 집에 가겠노라 했던 것이다. 집에 가서 혼자 조용한 시간을 가지고 싶다는 것이었다. 슬픈 심정을 주체스러워 하고 싶다는 것이었다. 그리고 괴로워해 하겠노라고—

괴로워해?

그 괴로움이야말로 사람들이 원해도 쉬이 얻을 수 없는, 말하자면 괴로움 같은 그런 것은 절대로 아닌, 어떤 그 무엇이지 않을까.

조용한 시간만큼 적어도 두 사람에게 있어서 싫은 것은 없을 터이다.

실상 상(箱)은 그것이 무엇보다도 무서운 것이었다.

그러나 완전히 외톨로 남게 되어—상(箱)은 소운(素雲)의 팔을 잡아 끌면서, 절일 만큼의 서러움을

몸에 느끼지 않을 수가 없었던 것이었다.

무슨 수를 쓰든 이 자리를 면하지 아니하면 아니 된다. 아니다, 소운(素雲)으로 하여금 이 「눈물의 장(場)」에서 달아나게 해선 안된단 말이다.

억지로, 오기로도-(혼자 있고 싶지는 않단 말이다. 혼자 있는 건 무서워)

혼자서? 혼자서 있는 것일까 그것이? 그리고 그런 내용을 가지고서의 혼자서 있는 것, 그것이 허용될 수 있는 일일까?

숫자는 3이다. 2와 1이라는 짝맞춤 밖에는 전혀 방법은 없는 것이다. 그리하여 이미 결정된 것이나 다름 없지 않은가. 그런데도 무엇을 그렇게 우물쭈물하고 있는 것이냐? 얌전하게 단념해야지-

그러고 싶어. 사실은 그래도 좋다곤 생각해. 허나 그저 가만히 있지는 못하겠다 그런 소리일 따름이야. 이걸 달래주는 법은 없을까.

상(箱)은 체념한 듯 또다시 레일 위에 걸터앉았다. 풀냄새가 한층 드세게 코로 왔다. 자연은 결코 게으르진 않은 것이다.

동녘은 더욱 밝아 왔다. 그것은 체념하는 표정과도 같은 가냘픈 탄식이었다. 벌써 아침이 오지 않는가.

절망의 새끼줄을 붙잡고—이 무슨 멋꼬라지 없는 하룻밤이었던가. 이미 분리된 것을 끌어당긴다는 것은 적어도 비굴한 일이 아닐 수 없다. 밤이 밝아 온다. 절망은 절망인채, 밤이 사라져 없어지듯 놓아 주지 아니하면 아니될 성질의 것이다.

날뛰는 망념(妄念) 위에, 광기 어린 야유(揶揄) 위에, 그야말로 희디흰 새벽빛 베일이 덮쳐오는 것이었다.

레일은 더욱 더 차겁다. 매질하듯 상(箱)의 저주 받은 육체를 가로질렀다.

그리고 뺨엔 두 줄기 차거운 것이 있었다.

레일 앞에는 무엇이 있었는가. 거기엔 오로지 그의 재능을 짓밟는 후회가 있을 따름이었다. 그럼에도 불구하고, 거기 아니면 그는 살아날 수 없다고—아니다, 그릇된 생각이다—내뿜는 분류(奔流)[12]를 막아낼 수는 없다고 생각했던 것일까.

바보 같은-상(箱)은 돌아다보듯 하면서, 저만치 선착(先着)해 있는 자신의 무모하고 치둔(癡鈍)[13]함을 비웃으려 했던 것이다. 허나 돌연-

가자, 상(箱)! 가자꾸나- 좋은 앨[娼女] 사자꾸나.

아니야, 난 이제 단념했어. 벌써 날도 샜어. 저것봐, 제법 붉어왔는걸.

일언(一言) 중천금(重千金)! 뿔뿔이 갈라진 역류가 예기치 않은 방향으로 -그리하여 그들은 숙소로부터 더욱 더 멀어져 갈 따름이었다.

6

밤이 사라졌다. 벗어던져진 전등에는 아련한 애수와 외잡한[14] 수다가 이국인(異國人)처럼 오도카니 버림받고 있었다.

---

12) 분류: 내달리듯 아주 세차고 빠르게 흐름. 또는 그런 물줄기.
13) 치둔: 몹시 어리석고 하는 짓이 굼떠서 흐리터분하다.
14) 외잡한: 음탕하고 난잡하다.

은화에 의한 정조(貞操)의 새 색칠—상(箱)의 생명은 이런 섬에 당도하여 비로소 찬란한 광망(光芒)을 발하는 것 같았다.

모든 것은 현관 신발장 께에 구두와 함께 벗어던져져 있다. 이제 이 지폐 냄새 물씬거리는 내실엔 고독이란 찾아볼 수가 없다.

상(箱)은 녹음된 완구(玩具)처럼 토오키 브로마이드[15]—신나게 지껄였다. 그의 얼굴은 웃음으로 넘쳐 있었다.

—은선아! 전등이 꺼졌어, 졸립질 않니?(등불이 꺼지면 잠이 깬다는 걸 아는 사람들은 여기 없다.)

—아아뇨

—난 말야, 애인을 친구한테 뺏겼단 말야. 분명하진 않지만, 아무래도 그런 것 같아. 아냐, 난 그 애가 내 애인인지 아닌지 그런 거 쇠통[16] 알지 못했어. 허지만 내 친구가—어느 틈에 내 친구가 그 앨 좋아하게 됐단 말야. 그랬더니 그때 그 애는 내 애

---

15) 토오키 브로마이드(talkie bromide): 평범한 발성 표현.
16) '전혀'의 황해도 방언.

인이란 사실을 깨닫게 됐단 말야. 그러고 보면 빼기고 만 셈이지 뭐냐.

그래서 난 지각했대고나 할까 그렇게 되고 만 꼴인데, 이제 새삼 그 앤 내 애인이란 주장은 못하게 됐지. 그렇지, 주장할 수가 없지. 그래서 난 친구한테 그런 말을 들었을 때, 아 그런가, 그건 안되지. 아니, 괜찮어. 아니, 역시 안되겠어. 그렇게 어린 애를, 그건 죄악이야. 허지만 잘 됐어. 그렇다면 그 애도 살게 되는 셈이니, 자네같은 거시기 다소 나이 많은 신용할 많나 사람에게 자기 일생을 맡길 수 있다는 건, 그건 그 애로선 행복된 일임에 틀림 없어. 그런 소릴 하고 얼버무려버렸던 것인데……

—예쁜 여잔가?

—글쎄 그렇군. 예쁘달 수도 있겠지만, 아뭏든 아주 두드러지게 특색이 있는 여자인데, 얼굴은 창백하고 작달막한 몸집에 근시이고 머리털이 발갛고 절대로 웃지 않는다구. 그래 웃지 않기는커녕 입을 열지 않는다구. 그런 아주 색다른, 어쩌면 내일 당장 자살해버리지나 않을까 싶은 염세형(厭世形)인

데, 그러면서도 개성이 강해서 남의 말은 쉬이 들어 먹지 않거든. 그렇지, 입술이 퍼렇지. 난 또 그 애 눈알의 검은 자위를 본 적이 없어. 즉 사람을 똑바로는 절대로 보지 않는다 그 말야.

—근사한 여학생?

—여자대학생 그런 종류 같은데……

은선은 곧잘 면도칼을 갖다대고 밋밋한 상(箱)의 빰을 두 손으로 만지곤 했다. 털밑 피부 언저리에 찌르듯 한 아픔을 느꼈다.

— 그런 이상 야릇한 여자 좋아할 것 뭐예요. 내가 사랑해 드릴께요.

그러고보니 은선은 미인이었다. 정사하려다 남자만 죽였는지, 목 언저리에 끔찍스런 칼날 자국이 있던 것으로 기억한다.

—그래서 난 홧김에 여기로 끌고 들어 왔단 말이야. 내일 아침, 그러니까 오늘 아침이지, 랑데부 한다는 거야. 그렇지. 저 꼴 좀 보라구. 분한 김에 그러긴 했지만, 좀 안됐군.(말 말라구. 저 사람이 내 애인을 뺏은 사람이거든.)

—촌뜨기 같은 소리—깔보지 말라구요.

(어째서 너 보곤 내 심정을 이렇게 똑똑히 말할 수 있을까. 그리고 넌 또 영리해. 이 심정을 참 잘도 알어.)

—나이는 열 아홉, 처녀란 말씀이야. 이래도 마음이 동하지 않는 작자는, 그렇지 거세당한 놈이랄 수밖에.

—하지만 뺏길 때꺼정 자기 애인인지 아닌지조차 알지 못했다니, 댁도 어지간히 칠칠치가 못했나 보군요.

—그게 글쎄 알고 보니 짝사랑이더라 이거야.

—아이고, 사람 작작 웃겨요.(요점은 그곳에 있는 모든 것은 아무 일도 없었던 양 지극히 무사태평하다 그 말씀이야.)

—그래 난 실은 아무 말도 안했어. 물론 둘이 다 그런 걸 알아챌 까닭은 애당초 없었지.

계산과 같은 햇살이 유리장지 문을 가로질렀다. 그리하여 일회분(一回分) 표를 가진 사나이가 하나 정조의 건널목을 바람을 헤치듯 가로질러 간다. 땀이 납덩이처럼 냉랭한 도면 위에 침전(沈澱)했다.

(유정(柳呈) 번역)

(발표지면: 『문학사상』, 1976.7.)

날개

'박제(剝製)가 되어 버린 천재'를 아시오? 나는 유쾌하오. 이런 때 연애까지가 유쾌하오.

육신이 흐느적흐느적하도록 피로했을 때만 정신이 은화(銀貨)처럼 맑소. 니코틴이 내 횟배 앓는 뱃속으로 스미면 머릿속에 으레 백지가 준비되는 법이오. 그 위에다 나는 위트와 패러독스를 바둑 포석처럼 늘어놓소. 가증할 상식의 병이오.

나는 또 여인과 생활을 설계하오. 연애 기법에마저 서먹서먹해진 지성의 극치를 흘깃 좀 들여다본 일이 있는, 말하자면 일종의 정신분일자(精神奔逸者) 말이오. 이런 여인의 반(半)—그것은 온갖 것의

반이오—만을 영수(領受)하는 생활을 설계한다는 말이오. 그런 생활 속에 한 발만 들여놓고 흡사 두 개의 태양처럼 마주 쳐다보면서 낄낄거리는 것이오. 나는 아마 어지간히 인생의 제행(諸行)이 싱거워서 견딜 수가 없게끔 되고 그만둔 모양이오. 굿바이.

굿바이, 그대는 이따금 그대가 제일 싫어하는 음식을 탐식(貪食)하는 아이러니를 실천해 보는 것도 좋을 것 같소. 위트와 패러독스와…….

그대 자신을 위조하는 것도 할 만한 일이오. 그대의 작품은 한 번도 본 일이 없는 기성품에 의하여 차라리 경편(輕便)[1]하고 고매(高邁)하리라.

십구세기는 될 수 있거든 봉쇄하여 버리오. 도스토예프스키 정신이란 자칫하면 낭비인 것 같소. 위고를 불란서의 빵 한 조각이라고는 누가 그랬는지 지언(至

1) 경편: 손쉽고 편리함.

言)[2]인 듯싶소. 그러나 인생 혹은 그 모형에 있어서 디테일 때문에 속는다거나 해서야 되겠소? 화(禍)를 보지 마오. 부디 그대께 고하는 것이니…….

(테이프가 끊어지면 피가 나오. 생채기도 머지않아 완치될 줄 믿소. 굿바이.)

감정은 어떤 포즈(그 포즈의 소(素)[3]만을 지적하는 것이 아닌지나 모르겠소) 그 포즈가 부동자세에까지 고도화할 때 감정은 딱 공급을 정지합네다.

나는 내 비범한 발육을 회고하여 세상을 보는 안목을 규정하였소.

여왕봉(女王蜂)과 미망인—세상의 하고많은 여인이 본질적으로 이미 미망인 아닌 이가 있으리까? 아니! 여인의 전부가 그 일상에 있어서 개개 '미망인'이라는 내 논리가 뜻밖에도 여성에 대한 모독이 되오? 굿바이.

---

2) 지언: 지극히 당연한 말.
3) 소: 원소(元素).

그 33번지라는 것이 구조가 흡사 유곽이라는 느낌이 없지 않다. 한 번지에 18가구가 죽— 어깨를 맞대고 늘어서서 창호가 똑같고 아궁이 모양이 똑같다. 게다가 각 가구에 사는 사람들이 송이송이 꽃과 같이 젊다. 해가 들지 않는다. 해가 드는 것을 그들이 모른 체하는 까닭이다. 턱살 밑에다 철줄을 매고 얼룩진 이부자리를 널어 말린다는 핑계로 미닫이에 해가 드는 것을 막아 버린다. 침침한 방 안에서 낮잠들을 잔다. 그들은 밤에는 잠을 자지 않나? 알 수 없다. 나는 밤이나 낮이나 잠만 자느라고 그런 것은 알 길이 없다. 33번지 18가구의 낮은 참 조용하다.

조용한 것은 낮뿐이다. 어둑어둑하면 그들은 이부자리를 걷어 들인다. 전등불이 켜진 뒤의 18가구는 낮보다 훨씬 화려하다. 저물도록 미닫이 여닫는 소리가 잦다. 바빠진다. 여러 가지 내음새가 나기 시작한다. 비웃[4] 굽는 내, 탕고도란[5]내, 뜨물내, 비눗

4) 비웃: 식료품인 생선으로서의 청어.
5) 탕고도란: 식민지시대 때 많이 쓰던 화장품 이름. 오늘날의 파운데이션보다

내…….

그러나 이런 것들보다도 그들의 문패가 제일로 고개를 끄덕이게 하는 것이다. 이 18가구를 대표하는 대문이라는 것이 일각이 져서 외따로 떨어지기는 했으나 있다. 그러나 그것은 한 번도 닫힌 일이 없는 한길이나 마찬가지 대문인 것이다. 온갖 장사아치들은 하루 가운데 어느 시간에라도 이 대문을 통하여 드나들 수 있는 것이다. 이네들은 문간에서 두부를 사는 것이 아니라 미닫이만 열고 방에서 두부를 사는 것이다. 이렇게 생긴 33번지 대문에 그들 18가구의 문패를 몰아다 붙이는 것은 의미가 없다. 그들은 어느 사이엔가 각 미닫이 위 백인당(百忍堂)이니 길상당(吉祥堂)이니 써붙인 한곁에다 문패를 붙이는 풍속을 가져 버렸다.

내 방 미닫이 위 한 곁에 칼표딱지[6]를 넷에다 낸 것만한 내, 아니! 내 아내의 명함이 붙어 있는 것도 이 풍속을 좇은 것이 아닐 수 없다.

빛깔이 더 짙은 것으로 고체임.

6) 칼표딱지: 뜯어서 쓰는 딱지.

나는 그러나 그들의 아무와도 놀지 않는다. 놀지 않을 뿐만 아니라 인사도 않는다. 나는 내 아내와 인사하는 외에 누구와도 인사하고 싶지 않았다.

내 아내 외의 다른 사람과 인사를 하거나 놀거나 하는 것은 내 아내 낯을 보아 좋지 않은 일인 것만 같이 생각이 들었기 때문이다. 나는 이만큼까지 내 아내를 소중히 생각한 것이다.

내가 이렇게까지 내 아내를 소중히 생각한 까닭은 이 33번지 18가구 가운데서 내 아내가 내 아내의 명함처럼 제일 작고 제일 아름다운 것을 안 까닭이다. 18가구에 각기 별러 든 송이송이 꽃들 가운데서도 내 아내가 특히 아름다운 한 떨기의 꽃으로 이 함석지붕 밑 볕 안 드는 지역에서 어디까지든지 찬란하였다. 따라서 그런 한 떨기 꽃을 지키고, 아니 그 꽃에 매달려 사는 나라는 존재가 도무지 형언할 수 없는 거북살스러운 존재가 아닐 수 없었던 것은 물론이다.

나는 어디까지든지 내 방이—집이 아니다. 집은

없다—마음에 들었다. 방 안의 기온은 내 체온을 위하여 쾌적하였고, 방 안의 침침한 정도가 또한 내 안력을 위하여 쾌적하였다. 나는 내 방 이상의 서늘한 방도, 또 따뜻한 방도 희망하지 않았다. 이 이상으로 밝거나 이 이상으로 아늑한 방을 원하지 않았다. 내 방은 나 하나를 위하여 요만한 정도를 꾸준히 지키는 것 같아 늘 내 방에 감사하였고 나는 또 이런 방을 위하여 이 세상에 태어난 것만 같아서 즐거웠다.

그러나 이것은 행복이라든가 불행이라든가 하는 것을 계산하는 것은 아니었다. 말하자면 나는 내가 행복되다고도 생각할 필요가 없었고, 그렇다고 불행하다고도 생각할 필요가 없었다. 그냥 그날그날을 그저 까닭 없이 펀둥펀둥 게으르고만 있으면 만사는 그만이었던 것이다.

내 몸과 마음에 옷처럼 잘 맞는 방 속에서 뒹굴면서, 축 처져 있는 것은 행복이니 불행이니 하는 그런 세속적인 계산을 떠난, 가장 편리하고 안일한, 말하자면 절대적인 상태인 것이다. 나는 이런 상태가 좋았다.

이 절대적인 내 방은 대문간에서 세어서 똑 일곱째 칸이다. 럭키 세븐의 뜻이 없지 않다. 나는 이 일곱이라는 숫자를 훈장처럼 사랑하였다. 이런 이 방이 가운데 장지로 말미암아 두 칸으로 나뉘어 있었다는 그것이 내 운명의 상징이었던 것을 누가 알랴?

아랫방은 그래도 해가 든다. 아침결에 책보만한 해가 들었다가 오후에 손수건만해지면서 나가 버린다. 해가 영영 들지 않는 윗방이 즉 내 방인 것은 말할 것도 없다. 이렇게 볕 드는 방이 아내 방이요, 볕 안 드는 방이 내 방이오 하고 아내와 나 둘 중에 누가 정했는지 나는 기억하지 못한다. 그러나 나에게는 불평이 없다.

아내가 외출만 하면 나는 얼른 아랫방으로 와서 그 동쪽으로 난 들창을 열어 놓고, 열어 놓으면 들이비치는 볕살이 아내의 화장대를 비쳐 가지각색 병들이 아롱이 지면서 찬란하게 빛나고 이렇게 빛나는 것을 보는 것은 다시없는 내 오락이다. 나는 쪼끄만 '돋보기'를 꺼내 가지고 아내만이 사용하는 지리가미(휴지)를 끄실려 가면서 불장난을 하고 논다. 평행 광선을 굴절시켜서 한 초점에 모아 가지고 그 초점이 따끈따끈해지다가, 마지막에는 종이를 끄실리기 시작하고 가느다란 연기를 내면서 드디어 구멍을 뚫어 놓는 데까지에 이르는 고 얼마 안 되는 동안의 초조한 맛이 죽고 싶을 만치 내게는 재미있었다.

이 장난이 싫증이 나면 나는 또 아내의 손잡이 거울을 가지고 여러 가지로 논다. 거울이란 제 얼굴을 비출 때만 실용품이다. 그 외의 경우에는 도무지 장난감인 것이다.

이 장난도 곧 싫증이 난다. 나의 유희심은 육체적인 데서 정신적인 데로 비약한다. 나는 거울을 내던지고 아내의 화장대 앞으로 가까이 가서 나란히 늘어놓인 고 가지각색의 화장품 병들을 들여다본다. 고것들은 세상의 무엇보다도 매력적이다. 나는 그 중의 하나만을 골라서 가만히 마개를 빼고 병구멍을 내 코에 가져다 대이고 숨죽이듯이 가벼운 호흡을 하여 본다. 이국적인 센슈얼한(관능적인) 향기가 폐로 스며들면 나는 저절로 스르르 감기는 내 눈을 느낀다. 확실히 아내의 체취의 파편이다. 나는 도로 병마개를 막고 생각해 본다. 아내의 어느 부분에서요 내음새가 났던가를…… 그러나 그것은 분명치 않다. 왜? 아내의 체취는 여기 늘어섰는 가지각색 향기의 합계일 것이니까.

아내의 방은 늘 화려하였다. 내 방이 벽에 못 한 개 꽂히지 않은 소박한 것인 반대로 아내 방에는 천장 밑으로 쫙 돌려 못이 박히고 못마다 화려한 아내의 치마와 저고리가 걸렸다. 여러 가지 무늬가 보기 좋다. 나는 그 여러 조각의 치마에서 늘 아내의 동(胴)체[7]와 그 동체가 될 수 있는 여러 가지 포즈를 연상하고 연상하면서 내 마음은 늘 점잖지 못하다.

그렇건만 나에게는 옷이 없었다. 아내는 내게는 옷

7) 동체: 몸통.

을 주지 않았다. 입고 있는 코르덴 양복 한 벌이 내 자리옷이었고 통상복과 나들이옷을 겸한 것이었다. 그리고 하이 넥의 스웨터가 한 조각 사철을 통한 내 내의다. 그것들은 하나같이 다 빛이 검다. 그것은 내 짐작 같아서는 즉 빨래를 될 수 있는 데까지 하지 않아도 보기 싫지 않도록 하기 위한 것이 아닌가 한다. 나는 허리와 두 가랑이 세 군데 다 고무 밴드가 끼어 있는 부드러운 사루마다[8]를 입고 그리고 아무 소리 없이 잘 놀았다.

어느덧 손수건만해졌던 볕이 나갔는데 아내는 외출에서 돌아오지 않는다. 나는 요만 일에도 좀 피곤하였고 또 아내가 돌아오기 전에 내 방으로 가 있어야 될 것을 생각하고 그만 내 방으로 건너간다. 내 방은 침침하다. 나는 이불을 뒤집어쓰고 낮잠을 잔다. 한 번도 걷은 일이 없는 내 이부자리는 내 몸뚱이의 일부분처럼 내게는 참 반갑다. 잠은 잘 오는

8) 사루마다: 팬티보다 좀 긴 속옷의 일본말.

적도 있다. 그러나 또 전신이 까칫까칫하면서 영 잠이 오지 않는 적도 있다. 그런 때는 아무 제목으로나 제목을 하나 골라서 연구하였다. 나는 내 좀 축축한 이불 속에서 참 여러 가지 발명도 하였고 논문도 많이 썼다. 시도 많이 지었다. 그러나 그것들은 내가 잠이 드는 것과 동시에 내 방에 담겨서 철철 넘치는 그 흐늑흐늑한 공기에 다 비누처럼 풀어져서 온데간데가 없고 한참 자고 깬 나는 속이 무명 헝겊이나 메밀 껍질로 띵띵 찬 한 덩어리 베개와도 같은 한 벌 신경이었을 뿐이고 뿐이고 하였다.

그러기에 나는 빈대가 무엇보다도 싫었다. 그러나 내 방에서는 겨울에도 몇 마리씩의 빈대가 끊이지 않고 나왔다. 내게 근심이 있었다면 오직 이 빈대를 미워하는 근심일 것이다. 나는 빈대에게 물려서 가려운 자리를 피가 나도록 긁었다. 쓰라리다. 그것은 그윽한 쾌감에 틀림없었다. 나는 혼곤히 잠이 든다.

나는 그러나 그런 이불 속의 사색생활에서도 적극적인 것을 궁리하는 법이 없다. 내게는 그럴 필요가 대체 없었다. 만일 내가 그런 좀 적극적인 것을 궁리해 내었을 경우에 나는 반드시 내 아내와 의논하여야 할 것이고 그러면 반드시 나는 아내에게 꾸지람을 들을 것이고—나는 꾸지람이 무서웠다느니보다도 성가셨다. 내가 제법 한 사람의 사회인의 자격으로 일을 해보는 것도, 아내에게 사설 듣는 것도 나는 가장 게으른 동물처럼 게으른 것이 좋았다. 될 수만 있으면 이 무의미한 인간의 탈을 벗어 버리고도 싶었다.

나에게는 인간 사회가 스스러웠다. 생활이 스스러웠다. 모두가 서먹서먹할 뿐이었다.

아내는 하루에 두 번 세수를 한다. 나는 하루 한 번도 세수를 하지 않는다. 나는 밤중 세시나 네시해서 변소에 갔다 달이 밝은 밤에는 한참씩 마당에 우두커니 섰다가 들어오곤 한다. 그러니까 나는 이 18가구의 아무와도 얼굴이 마주치는 일이 거의 없다. 그러면서도 나는 이 18가구의 젊은 여인네 얼굴들을 거반 다 기억하고 있었다. 그들은 하나같이 내 아내만 못하였다.

열한시쯤 해서 하는 아내의 첫 번 세수는 좀 간단하다. 그러나 저녁 일곱시쯤 해서 하는 두 번째 세수는 손이 많이 간다. 아내는 낮에보다도 밤에 더 좋고 깨끗한 옷을 입는다. 그리고 낮에도 외출하고 밤에도 외출하였다.

아내에게 직업이 있었던가? 나는 아내의 직업이 무엇인지 알 수 없다. 만일 아내에게 직업이 없었다면, 같이 직업이 없는 나처럼 외출할 필요가 생기지 않을 것인데—아내는 외출한다. 외출할 뿐만 아니라 내객이 많다. 아내에게 내객이 많은 날은 나는 온종일 내 방에서 이불을 쓰고 누워 있어야만 된다. 불장난도 못 한다. 화장품 내음새도 못 맡는다. 그런 날은 나는 의식적으로 우울해하였다. 그러면 아내는 나에게 돈을 준다. 오십 전짜리 은화다. 나는 그것이 좋았다. 그러나 그것을 무엇에 써야 옳을지 몰라서 늘 머리맡에 던져 두고 두고 한 것이 어느결에 모여서 꽤 많아졌다. 어느 날 이것을 본 아내는 금고처럼 생긴 벙어리[9]를 사다 준다. 나는 한 푼씩 한 푼씩 고 속에 넣고 열쇠는 아내가 가져갔다. 그후에도 나는 더러 은화를 그 벙어리에 넣은 것을 기억한다. 그리고 나는 게을렀다. 얼마 후 아내의 머리 쪽에 보지 못하던 누깔잠[10]이 하나 여드름처럼 돋았던 것은 바로 그 금고형 벙어리의 무게가 가벼워졌다는 증거일까. 그러나 나는 드디어 머리맡에 놓였던 그 벙어리에 손을 대지 않고 말았다. 내 게으름은 그런 것에 내 주의를 환기시키기도 싫었다.

아내에게 내객이 있는 날은 이불 속으로 암만 깊이 들어가도 비 오는 날만큼 잠이 잘 오지는 않았다. 나는 그런 때 아내에게는 왜 늘 돈이 있나 왜 돈이 많은가를 연구했다.

내객들은 장지 저쪽에 내가 있는 것을 모르나 보다. 내 아내와 나도 좀 하기 어려운 농을 아주 서슴지 않고 쉽게 해 내던지는 것이다. 그러나 아내의 내객 가운데 서너 사람의 내객들은 늘 비교적 점잖았다고 볼 수 있는 것이 자정이 좀 지나면 으레 돌

9) 벙어리: 벙어리저금통.
10) 누깔잠: 눈깔비녀. 비녀의 일종.

아들 갔다. 그들 가운데는 퍽 교양이 옅은 자도 있는 듯싶었는데 그런 자는 보통 음식을 사다 먹고 논다. 그래서 보충을 하고 대체로 무사하였다.

나는 우선 내 아내의 직업이 무엇인가를 연구하기에 착수하였으나 좁은 시야와 부족한 지식으로는 이것을 알아내기 힘이 든다. 나는 끝끝내 내 아내의 직업이 무엇인가를 모르고 말려나 보다.

아내는 늘 진솔 버선[11]만 신었다. 아내는 밥도 지었다. 아내가 밥 짓는 것을 나는 한 번도 구경한 일은 없으나 언제든지 끼니때면 내 방으로 내 조석밥을 날라다 주는 것이다. 우리집에는 나와 내 아내 외에 다른 사람은 아무도 없다. 이 밥은 분명히 아내가 손수 지었음에 틀림없다.

그러나 아내는 한 번도 나를 자기 방으로 부른 일이 없다. 나는 늘 윗방에서 나 혼자서 밥을 먹고 잠을 잤다. 밥은 너무 맛이 없었다. 반찬이 너무 엉성하였다. 나는 닭이나 강아지처럼 말없이 주는 모이

---

11) 진솔 버선: 한 번도 빨지 않은 새 버선.

를 넙죽넙죽 받아 먹기는 했으나 내심 야속하게 생각한 적도 더러 없지 않다. 나는 안색이 여지없이 창백해 가면서 말라들어 갔다. 나날이 눈에 보이듯이 기운이 줄어들었다. 영양 부족으로 하여 몸뚱이 곳곳이 뼈가 불쑥불쑥 내밀었다. 하룻밤 사이에도 수십 차를 돌쳐눕지 않고는 여기저기가 배겨서 나는 배겨 낼 수가 없었다.

그렇기 때문에 나는 내 이불 속에서 아내가 늘 흔히 쓸 수 있는 저 돈의 출처를 탐색해 보는 일변 장지 틈으로 새어 나오는 아랫방의 음식은 무엇일까를 간단히 연구하였다. 나는 잠이 잘 안 왔다.

깨달았다. 아내가 쓰는 돈은 그, 내게는 다만 실없는 사람들로밖에 보이지 않는 까닭 모를 내객들이 놓고 가는 것에 틀림없으리라는 것을 나는 깨달았다. 그러나 왜 그들 내객은 돈을 놓고 가나, 왜 내 아내는 그 돈을 받아야 되나 하는 예의(禮儀) 관념이 내게는 도무지 알 수 없는 것이었다.

그것은 그저 예의에 지나지 않는 것일까 그렇지

않으면 혹 무슨 대가일까 보수일까. 내 아내가 그들의 눈에는 동정을 받아야만 할 가엾은 인물로 보였던가.

이런 것들을 생각하노라면 으레 내 머리는 그냥 혼란하여 버리곤 하였다. 잠들기 전에 획득했다는 결론이 오직 불쾌하다는 것뿐이었으면서도 나는 그런 것을 아내에게 물어 보거나 한 일이 참 한 번도 없다. 그것은 대체 귀찮기도 하려니와 한잠 자고 일어나면 나는 사뭇 딴사람처럼 이것도 저것도 다 깨끗이 잊어버리고 그만두는 까닭이다.

내객들이 돌아가고, 혹 밤외출에서 돌아오고 하면 아내는 경편한 것으로 옷을 바꾸어 입고 내 방으로 나를 찾아온다. 그리고 이불을 들치고 내 귀에는 영 생동생동한 몇 마디 말로 나를 위로하려 든다. 나는 조소도 고소도 홍소도 아닌 웃음을 얼굴에 띄우고 아내의 아름다운 얼굴을 쳐다본다. 아내는 방그레 웃는다. 그러나 그 얼굴에 떠도는 일말의 애수를 나는 놓치지 않는다.

아내는 능히 내가 배고파하는 것을 눈치챌 것이

다. 그러나 아랫방에서 먹고 남은 음식을 나에게 주려 들지는 않는다. 그것은 어디까지든지 나를 존경하는 마음일 것임에 틀림없다. 나는 배가 고프면서도 적이 마음이 든든한 것을 좋아했다. 아내가 무엇이라고 지껄이고 갔는지 귀에 남아 있을 리가 없다. 다만 내 머리맡에 아내가 놓고 간 은화가 전등불에 흐릿하게 빛나고 있을 뿐이다.

고 금고형 벙어리 속에 고 은화가 얼마큼이나 모였을까. 나는 그러나 그것을 쳐들어 보지 않았다. 그저 아무런 의욕도 기원도 없이 그 단추 구멍처럼 생긴 틈사구니로 은화를 떨어뜨려 둘 뿐이었다.

왜 아내의 내객들이 아내에게 돈을 놓고 가나 하는 것이 풀 수 없는 의문인 것같이 왜 아내는 나에게 돈을 놓고 가나 하는 것도 역시 나에게는 똑같이 풀 수 없는 의문이었다. 내 비록 아내가 내게 돈을 놓고 가는 것이 싫지 않았다 하더라도 그것은 다만 고것이 내 손가락에 닿는 순간에서부터 고 벙어리 주둥이에서 자취를 감추기까지의 하잘것없는 짧은촉각이 좋았달 뿐이지 그 이상 아무 기쁨도 없다.

어느 날 나는 고 벙어리를 변소에 갖다 넣어 버렸다. 그때 벙어리 속에는 몇 푼이나 되는지는 모르겠으나 고 은화들이 꽤 들어 있었다.

나는 내가 지구 위에 살며 내가 이렇게 살고 있는 지구가 질풍신뢰의 속력으로 광대무변의 공간을 달리고 있다는 것을 생각했을 때 참 허망하였다. 나는 이렇게 부지런한 지구 위에서는 현기증도 날 것 같고 해서 한시바삐 내려 버리고 싶었다.

이불 속에서 이런 생각을 하고 난 뒤에는 나는 고 은화를 고 벙어리에 넣고 넣고 하는 것조차도 귀찮아졌다. 나는 아내가 손수 벙어리를 사용하였으면 하고 희망하였다. 벙어리도 돈도 사실에는 아내에게만 필요한 것이지 내게는 애초부터 의미가 전연 없는 것이었으니까 될 수만 있으면 그 벙어리를 아내는 아내 방으로 가져갔으면 하고 기다렸다. 그러나 아내는 가져가지 않는다. 나는 내가 아내 방으로 가져다 둘까 하고 생각하여 보았으나 그 즈음에는

아내의 내객이 원체 많아서 내가 아내 방에 가볼 기회가 도무지 없었다. 그래서 나는 하는 수 없이 변소에 갖다 집어넣어 버리고 만 것이다.

나는 서글픈 마음으로 아내의 꾸지람을 기다렸다. 그러나 아내는 끝내 아무 말도 나에게 묻지도 하지도 않았다. 않았을 뿐 아니라 여전히 돈은 돈대로 내 머리맡에 놓고 가지 않나? 내 머리맡에는 어느덧 은화가 꽤 많이 모였다.

내객이 아내에게 돈을 놓고 가는 것이나 아내가 내게 돈을 놓고 가는 것이나 일종의 쾌감—그 외의 다른 아무런 이유도 없는 것이 아닐까 하는 것을 나는 또 이불 속에서 연구하기 시작하였다. 쾌감이라면 어떤 종류의 쾌감일까를 계속하여 연구하였다. 그러나 그것은 이불 속의 연구로는 알 길이 없었다. 쾌감 쾌감, 하고 나는 뜻밖에도 이 문제에 대해서만 흥미를 느꼈다.

아내는 물론 나를 늘 감금하여 두다시피 하여 왔다. 내게 불평이 있을 리 없다. 그런 중에도 나는 그

쾌감이라는 것의 유무를 체험하고 싶었다.

나는 아내의 밤 외출 틈을 타서 밖으로 나왔다. 나는 거리에서 잊어버리지 않고 가지고 나온 은화를 지폐로 바꾼다. 오 원이나 된다. 그것을 주머니에 넣고 나는 목적을 잃어버리기 위하여 얼마든지 거리를 쏘다녔다. 오래간만에 보는 거리는 거의 경이에 가까울 만치 내 신경을 흥분시키지 않고는 마지않았다. 나는 금시에 피곤하여 버렸다. 그러나 나는 참았다. 그리고 밤이 이슥하도록 까닭을 잊어버린 채 이거리 저거리로 지향없이 헤매었다. 돈은 물론 한푼도 쓰지 않았다. 돈을 쓸 아무 엄두도 나서지 않았다. 나는 벌써 돈을 쓰는 기능을 완전히 상실한 것 같았다.

나는 과연 피로를 이 이상 견디기가 어려웠다. 나는 가까스로 내 집을 찾았다. 나는 내 방으로 가려면 아내 방을 통과하지 아니하면 안 될 것을 알고 아내에게 내객이 있나 없나를 걱정하면서 미닫이 앞에서 좀 거북살스럽게 기침을 한번 했더니 이것은 참 또 너무 암상스럽게 미닫이가 열리면서 아내의 얼굴과 그 등뒤에 낯선 남자의 얼굴이 이쪽을 내다보는 것이다. 나는 별안간 내어쏟아지는 불빛에 눈이 부셔서 좀 머뭇머뭇했다.

나는 아내의 눈초리를 못 본 것은 아니다. 그러나 나는 모른 체하는 수밖에 없었다. 왜? 나는 어쨌든 아내의 방을 통과하지 아니하면 안 되니까…….

나는 이불을 뒤집어썼다. 무엇보다도 다리가 아파서 견딜 수가 없었다. 이불 속에서는 가슴이 울렁거리면서 암만해도 까무러칠 것만 같았다. 걸을 때는 몰랐더니 숨이 차다. 등에 식은땀이 쭉 내배인다. 나는 외출한 것을 후회하였다. 이런 피로를 잊고 어서 잠이 들었으면 좋겠다. 한잠 잘 자고 싶었다.

얼마 동안이나 비스듬히 엎드려 있었더니 차츰차츰 뚝딱거리는 가슴 동기(動氣)가 가라앉는다. 그만해도 우선 살 것 같았다. 나는 몸을 돌쳐 반듯이 천장을 향하여 눕고 쭉 다리를 뻗었다.

그러나 나는 또다시 가슴의 동기를 피할 수 없게 되었다. 아랫방에서 아내와 그 남자의 내 귀에도 들리지 않을 만치 옅은 목소리로 소곤거리는 기척이 장지 틈으로 전하여 왔던 것이다. 청각을 더 예민하게 하기 위하여 나는 눈을 떴다. 그리고 숨을 죽였다. 그러나 그때는 벌써 아내와 남자는 앉았던 자리를 툭툭 털며 일어섰고 일어서면서 옷과 모자 쓰는 기척이 나는 듯하더니 이어 미닫이가 열리고 구두 뒤축 소리가 나고 그리고 뜰에 내려서는 소리가 쿵 하고 나면서 뒤를 따르는 아내의 고무신 소리가 두어 발자국 찍찍 나고 사뿐사뿐 나나 하는 사이에 두 사람의 발소리가 대문간 쪽으로 사라졌다.

나는 아내의 이런 태도를 본 일이 없다. 아내는 어떤 사람과도 결코 소곤거리는 법이 없다. 나는 윗방에서 이불을 쓰고 누웠는 동안에도 혹 술이 취해서 혀가 잘 돌아가지 않는 내객들의 담화는 더러 놓치는 수가 있어도 아내의 높지도 얕지도 않은 말소리를 일찍이 한 마디도 놓쳐 본 일이 없다. 더러 내 귀에 거슬리는 소리가 있어도 나는 그것이 태연한 목소리로 내 귀에 들렸다는 이유로 충분히 안심이 되었다.

그렇던 아내의 이런 태도는 필시 그 속에 여간하지 않은 사정이 있는 듯싶이 생각이 되고 내 마음은 좀 서운했으나 그러나 그보다도 나는 좀 너무 피곤해서 오늘만은 이불 속에서 아무것도 연구치 않기로 굳게 결심하고 잠을 기다렸다. 잠은 좀처럼 오지 않았다. 대문간에 나간 아내도 좀처럼 들어오지 않았다. 그러는 동안에 흐지부지 나는 잠이 들어 버렸다. 꿈이 얼쑹덜쑹 종을 잡을 수 없는 거리의 풍경을 여전히 헤맸다.

나는 몹시 흔들렸다. 내객을 보내고 들어온 아내가 잠든 나를 잡아 흔드는 것이다. 나는 눈을 번쩍 뜨고 아내의 얼굴을 쳐다보았다. 아내의 얼굴에는 웃음이 없다. 나는 좀 눈을 비비고 아내의 얼굴을 자세히 보았다. 노기가 눈초리에 떠서 얇은 입술이 바르르 떨린다. 좀처럼 이 노기가 풀리기는 어려울 것 같았다. 나는 그대로 눈을 감아 버렸다. 벼락이 내리기를 기다린 것이다. 그러나 쌔근 하는 숨소리가 나면서 푸시시 아내의 치맛자락 소리가 나고 장지가 여닫히며 아내는 아내 방으로 돌아갔다. 나는 다시 몸을 돌쳐 이불을 뒤집어쓰고는 개구리처럼 엎드리고, 엎드려서 배가 고픈 가운데서도 오늘 밤의 외출을 또 한번 후회하였다.

나는 이불 속에서 아내에게 사죄하였다. 그것은 네 오해라고…….

나는 사실 밤이 퍽으나 이슥한 줄만 알았던 것이다. 그것이 네 말마따나 자정 전인 줄은 나는 정말이지 꿈에도 몰랐다. 나는 너무 피곤하였었다. 오래간만에 나는 너무 많이 걸은 것이 잘못이다. 내 잘못이라면 잘못은 그것밖에는 없다. 외출은 왜 하였느냐고?

나는 그 머리맡에 저절로 모인 오 원 돈을 아무에게라도 좋으니 주어 보고 싶었던 것이다. 그뿐이다. 그러나 그것도 내 잘못이라면 나는 그렇게 알겠다. 나는 후회하고 있지 않나?

내가 그 오 원 돈을 써버릴 수가 있었던들 나는 자정 안에 집에 돌아올 수 없었을 것이다. 그러나

거리는 너무 복잡하였고 사람은 너무도 들끓었다. 나는 어느 사람을 붙들고 그 오 원 돈을 내주어야 할지 갈피를 잡을 수가 없었다. 그러는 동안에 나는 여지없이 피곤해 버리고 말았던 것이다.

나는 무엇보다도 좀 쉬고 싶었다. 눕고 싶었다. 그래서 나는 하는 수 없이 집으로 돌아온 것이다. 내 짐작 같아서는 밤이 어지간히 늦은 줄만 알았는데 그것이 불행히도 자정 전이었다는 것은 참 안된 일이다. 미안한 일이다. 나는 얼마든지 사죄하여도 좋다. 그러나 종시 아내의 오해를 풀지 못하였다 하면 내가 이렇게까지 사죄하는 보람은 그럼 어디 있나? 한심하였다.

한 시간 동안을 나는 이렇게 초조하게 굴지 않으면 안 되었다. 나는 이불을 홱 젖혀 버리고 일어나서 장지를 열고 아내 방으로 비칠비칠 달려갔던 것이다. 내게는 거의 의식이라는 것이 없었다. 나는 아내 이불 위에 엎드러지면서 바지 포켓 속에서 그 돈 오 원을 꺼내 아내 손에 쥐어 준 것을 간신히 기억할 뿐이다.

이튿날 잠이 깨었을 때 나는 내 아내 방 아내 이불 속에 있었다. 이것이 이 33번지에서 살기 시작한 이래 내가 아내 방에서 잔 맨 처음이었다.

해가 들창에 훨씬 높았는데 아내는 이미 외출하고 벌써 내 곁에 있지는 않다. 아니! 아내는 엊저녁 내가 의식을 잃은 동안에 외출한 것인지도 모른다. 그러나 나는 그런 것을 조사하고 싶지 않았다. 다만 전신이 찌뿌드드한 것이 손가락 하나 꼼짝할 힘조차 없었다. 책보보다 좀 작은 면적의 볕이 눈이 부시다. 그 속에서 수없는 먼지가 흡사 미생물처럼 난무한다. 코가 칵 막히는 것 같다. 나는 다시 눈을 감고 이불을 푹 뒤집어쓰고 낮잠을 자기에 착수하였다. 그러나 코를 스치는 아내의 체취는 꽤 도발적이었다. 나는 몸을 여러 번 여러 번 비비 꼬면서 아내의 화장대에 늘어선 고 가지각색 화장품 병들과 고 병들의 마개를 뽑았을 때 풍기던 내음새를 더듬느라고 좀처럼 잠은 들지 않는 것을 나는 어찌하는 수도 없었다.

견디다 못하여 나는 그만 이불을 걷어차고 벌떡 일어나서 내 방으로 갔다. 내 방에는 다 식어 빠진 내 끼니가 가지런히 놓여 있는 것이다. 아내는 내 모이를 여기다 주고 나간 것이다. 나는 우선 배가 고팠다. 한 숟갈을 입에 떠넣었을 때 그 촉감은 참 너무도 냉회와 같이 써늘하였다. 나는 숟갈을 놓고 내 이불 속으로 들어갔다. 하룻밤을 비워 버린 내 이부자리는 여전히 반갑게 나를 맞아 준다. 나는 내 이불을 뒤집어쓰고 이번에는 참 늘어지게 한잠 잤다. 잘—

내가 잠을 깬 것은 전등이 켜진 뒤다. 그러나 아내는 아직도 돌아오지 않았나 보다. 아니! 들어왔다 또 나갔는지도 알 수 없다. 그러나 그런 것을 삼고(三考)하여 무엇 하나?

정신이 한결 난다. 나는 지난밤 일을 생각해 보았다. 그 돈 오 원을 아내 손에 쥐어 주고 넘어졌을 때에 느낄 수 있었던 쾌감을 나는 무엇이라고 설명할 수가 없었다. 그러니 내객들이 내 아내에게 돈 놓고 가는 심리며 내 아내가 내게 돈 놓고 가는 심리의

비밀을 나는 알아낸 것 같아서 여간 즐거운 것이 아니다. 나는 속으로 빙그레 웃어 보았다. 이런 것을 모르고 오늘까지 지내 온 나 자신이 어떻게 우스꽝스러워 보이는지 몰랐다. 나는 어깨춤이 났다.

따라서 나는 또 오늘 밤에도 외출하고 싶었다. 그러나 돈이 없다. 나는 엊저녁에 그 돈 오 원을 한꺼번에 아내에게 주어 버린 것을 후회하였다. 또 고 벙어리를 변소에 갖다 처넣어 버린 것도 후회하였다. 나는 실없이 실망하면서 습관처럼 그 돈이 들어 있던 내 바지 포켓에 손을 넣어 한번 휘둘러 보았다. 뜻밖에도 내 손에 쥐어지는 것이 있었다. 이 원밖에 없다. 그러나 많아야 맛은 아니다. 얼마간이고 있으면 된다. 나는 그만한 것이 여간 고마운 것이 아니었다.

나는 기운을 얻었다. 나는 그 단벌 다 떨어진 코르덴 양복을 걸치고 배고픈 것도 주제 사나운 것도 다 잊어버리고 활갯짓을 하면서 또 거리로 나섰다. 나서면서 나는 제발 시간이 화살 닫듯 해서 자정이 어서 홱 지나 버렸으면 하고 조바심을 태웠다. 아내에게 돈을 주고 아내 방에서 자보는 것은 어디까지든지 좋았지만 만일 잘못해서 자정 전에 집에 들어갔다가 아내의 눈총을 맞는 것은 그것은 여간 무서운 일이 아니었다. 나는 저물도록 길가 시계를 들여다보고 들여다보고 하면서 또 지향없이 거리를 방황하였다. 그러나 이날은 좀처럼 피곤하지는 않았다. 다만 시간이 좀 너무 더디게 가는 것만 같아서 안타까웠다.

경성역 시계가 확실히 자정을 지난 것을 본 뒤에 나는 집을 향하였다. 그날은 그 일각대문에서 아내와 아내의 남자가 이야기하고 섰는 것을 만났다. 나는 모른 체하고 두 사람 곁을 지나서 내 방으로 들어갔다. 뒤이어 아내도 들어왔다. 와서는 이 밤중에 평생 안 하던 쓰레질을 하는 것이다. 조금 있다가 아내가 눕는 기척을 엿듣자마자 나는 또 장지를 열고 아내 방으로 가서 그 돈 이 원을 아내 손에 덥석 쥐어 주고 그리고—하여간 그 이 원을 오늘 밤에도 쓰지 않고 도로 가져온 것이 참 이상하다는 듯이 아내는 내 얼굴을 몇 번이고 엿보고—아내는 드디어 아무 말도 없이 나를 자기 방에 재워 주었다. 나는 이 기쁨을 세상의 무엇과도 바꾸고 싶지는 않았다. 나는 편히 잘 잤다.

이튿날도 내가 잠이 깨었을 때는 아내는 보이지 않았다. 나는 또 내 방으로 가서 피곤한 몸이 낮잠을 잤다.

내가 아내에게 흔들려 깨었을 때는 역시 불이 들어온 뒤였다. 아내는 자기 방으로 나를 오라는 것이다. 이런 일은 또 처음이다. 아내는 끊임없이 얼굴에 미소를 띠고 내 팔을 이끄는 것이다. 나는 이런 아내의 태도 이면에 엔간치 않은 음모가 숨어 있지나 않은가 하고 적이 불안을 느끼지 않을 수 없었다.

나는 아내의 하자는 대로 아내 방으로 끌려갔다. 아내 방에는 저녁 밥상이 조촐하게 차려져 있는 것이다. 생각하여 보면 나는 이틀을 굶었다. 나는 지금 배고픈 것까지도 긴가민가 잊어버리고 어름어름하던 차다.

나는 생각하였다. 이 최후의 만찬을 먹고 나자마자 벼락이 내려도 나는 차라리 후회하지 않을 것을. 사실 나는 인간 세상이 너무나 심심해서 못 견디겠던 차다. 모든 일이 성가시고 귀찮았으나 그러나 불의의 재난이라는 것은 즐거웁다.

나는 마음을 턱 놓고 조용히 아내와 마주 이 해괴한 저녁밥을 먹었다. 우리 부부는 이야기하는 법이 없었다. 밥을 먹은 뒤에도 나는 말이 없이 그냥 부스스 일어나서 내 방으로 건너가 버렸다. 아내는 나를 붙잡지 않았다. 나는 벽에 기대어 앉아서 담배를 한 대 피워 물고 그리고 벼락이 떨어질 테거든 어서 떨어져라 하고 기다렸다.

오 분! 십 분!

그러나 벼락은 내리지 않았다. 긴장이 차츰 늘어지기 시작한다. 나는 어느덧 오늘 밤에도 외출할 것을 생각하고 있었다. 돈이 있었으면 하고 생각하고 있었다.

그러나 돈은 확실히 없다. 오늘은 외출하여도 나중에 올 무슨 기쁨이 있나. 나는 앞이 그냥 아뜩하였다. 나는 화가 나서 이불을 뒤집어쓰고 이리 뒹굴 저리 뒹굴 굴렀다. 금시 먹은 밥이 목으로 자꾸 치밀어 올라온다. 메스꺼웠다.

하늘에서 얼마라도 좋으니 왜 지폐가 소낙비처럼 퍼붓지 않나, 그것이 그저 한없이 야속하고 슬펐다. 나는 이렇게밖에 돈을 구하는 아무런 방법도 알지는 못했다. 나는 이불 속에서 좀 울었나 보다. 돈이 왜 없냐면서…….

그랬더니 아내가 또 내 방에를 왔다. 나는 깜짝 놀라 아마 인제서야 벼락이 내리려나 보다 하고 숨을 죽이고 두꺼비 모양으로 엎디어 있었다. 그러나 떨어진 입을 새어 나오는 아내의 말소리는 참 부드러웠다. 정다웠다. 아내는 내가 왜 우는지를 안다는 것이다. 돈이 없어서 그러는 게 아니냔다. 나는 실없이 깜짝 놀랐다. 어떻게 저렇게 사람의 속을 환-하게 들여다보는구 해서 나는 한편으로 슬그머니 겁도 안 나는 것은 아니었으나 저렇게 말하는 것을 보면 아마 내게 돈을 줄 생각이 있나 보다, 만일 그렇다면 오죽이나 좋은 일일까. 나는 이불 속에 똘똘 말린 채 고개도 들지 않고 아내의 다음 거동을 기다리고 있으니까, 옜소— 하고 내 머리맡에 내려뜨리는 것은 그 가뿐한 음향으로 보아 지폐에 틀림없었다. 그리고 내 귀에다 대고, 오늘일랑 어제보다도 좀더 늦게 들어와도 좋다고 속삭이는 것이다. 그것은 어렵지 않다. 우선 그 돈이 무엇보다도 고맙고 반가웠다.

어쨌든 나섰다. 나는 좀 야맹증이다. 그래서 될 수 있는 대로 밝은 거리를 골라서 돌아다니기로 했다. 그리고는 경성역 일이등 대합실 한곁 티룸에를 들렀다. 그것은 내게는 큰 발견이었다. 거기는 우선 아무도 아는 사람이 안 온다. 설사 왔다가도 곧 가니까 좋다. 나는 날마다 여기 와서 시간을 보내리라 속으로 생각하여 두었다.

제일 여기 시계가 어느 시계보다도 정확하리라는 것이 좋았다. 섣불리 서투른 시계를 보고 그것을 믿고 시간 전에 집에 돌아갔다가 큰코를 다쳐서는 안 된다.

나는 한 부스에 아무것도 없는 것과 마주 앉아서 잘 끓은 커피를 마셨다. 총총한 가운데 여객들은 그래도 한 잔 커피가 즐거운가 보다. 얼른얼른 마시고 무얼 좀 생각하는 것같이 담벼락도 좀 쳐다보고 하다가 곧 나가 버린다. 서글프다. 그러나 내게는 이 서글픈 분위기가 거리의 티룸들의 그 거추장스러운 분위기보다는 절실하고 마음에 들었다. 이따금 들리는 날카로운 혹은 우렁찬 기적 소리가 모차르트보다도 더 가깝다. 나는 메뉴에 적힌 몇 가지 안 되는 음식 이름을 치읽고 내리읽고 여러 번 읽었다. 그것들은 아물아물한 것이 어딘가 내 어렸을 때 동무들 이름과 비슷한 데가 있었다.

거기서 얼마나 내가 오래 앉았는지 정신이 오락가락하는 중에, 객이 슬며시 뜸해지면서 이구석 저구석 걷어치우기 시작하는 것을 보면 아마 닫을 시간이 된 모양이다. 열한시가 좀 지났구나, 여기도 결코 내 안주의 곳은 아니구나, 어디 가서 자정을 넘길까, 두루 걱정을 하면서 나는 밖으로 나섰다. 비가 온다. 빗발이 제법 굵은 것이 우비도 우산도 없는 나를 고생을 시킬 작정이다. 그렇다고 이런 괴이한 풍모를 차리고 이 홀에서 어물어물하는 수는 없고, 에이 비를 맞으면 맞았지 하고 나는 그냥 나서 버렸다.

대단히 선선해서 견딜 수가 없다. 코르텐 옷이 젖기 시작하더니 나중에는 속속들이 스며들면서 처근거린다. 비를 맞아 가면서라도 견딜 수 있는 데까지 거리를 돌아다녀서 시간을 보내려 하였으나 인제는 선선해서 이 이상은 더 견딜 수가 없다. 오한이 자꾸 일어나면서 이가 딱딱 맞부딪는다.

나는 걸음을 재우치면서 생각하였다. 오늘 같은 궂은 날도 아내에게 내객이 있을라구, 없겠지, 하는 생각이 드는 것이다. 집으로 가야겠다. 아내에게 불행히 내객이 있거든 내 사정을 하리라. 사정을 하면 이렇게 비가 오는 것을 눈으로 보고 알아주겠지.

부리나케 와보니까 그러나 아내에게는 내객이 있었다. 나는 그만 너무 춥고 척척해서 얼떨김에 노크하는 것을 잊었다. 그래서 나는 보면 아내가 좀 덜 좋아할 것을 그만 보았다. 나는 감발 자국 같은 발자극을 내면서 덤벙덤벙 아내 방을 디디고 그리고 내 방으로 가서 쭉 빠진 옷을 활활 벗어 버리고 이불을 뒤썼다. 덜덜덜덜 떨린다. 오한이 점점더 심해 들어온다. 여전 땅이 꺼져 들어가는 것만 같았다. 나는 그만 의식을 잃어버리고 말았다.

이튿날 내가 눈을 떴을 때 아내는 내 머리맡에 앉아서 제법 근심스러운 얼굴이다. 나는 감기가 들었다. 여전히 으스스 춥고 또 골치가 아프고 입에 군침이 도는 것이 씁쓸하면서 다리 팔이 척 늘어져서 노곤하다.

아내는 내 머리를 쓱 짚어 보더니 약을 먹어야지 한다. 아내 손이 이마에 선뜩한 것을 보면 신열이 어지간한 모양인데, 약을 먹는다면 해열제를 먹어야지 하고 속생각을 하자니까 아내는 따뜻한 물에 하얀 정제약 네 개를 준다. 이것을 먹고 한잠 푹— 자고 나면 괜찮다는 것이다. 나는 널름 받아 먹었다. 쌉싸름한 것이 짐작 같아서는 아마 아스피린인가 싶다. 나는 다시 이불을 쓰고 단번에 그냥 죽은 것처럼 잠이 들어 버렸다.

나는 콧물을 훌쩍훌쩍하면서 여러 날을 앓았다. 앓는 동안에 끊이지 않고 그 정제약을 먹었다. 그러는 동안에 감기도 나았다. 그러나 입맛은 여전히 소태처럼 썼다.

나는 차츰 또 외출하고 싶은 생각이 났다. 그러나 아내는 나더러 외출하지 말라고 이르는 것이다. 이 약을 날마다 먹고 그리고 가만히 누워 있으라는 것이다. 공연히 외출을 하다가 이렇게 감기가 들어서 저를 고생을 시키는 게 아니냔다. 그도 그렇다. 그럼 외출을 하지 않겠다고 맹세하고 그 약을 연복(連服)하여 몸을 좀 보해 보리라고 나는 생각하였다.

나는 날마다 이불을 뒤집어쓰고 밤이나 낮이나 잤다. 유난스럽게 밤이나 낮이나 졸려서 견딜 수가 없는 것이다. 나는 이렇게 잠이 자꾸만 오는 것은 내가 몸이 훨씬 튼튼해진 증거라고 굳게 믿었다.

나는 아마 한 달이나 이렇게 지냈나 보다. 내 머리와 수염이 좀 너무 자라서 후텁해서 견딜 수가 없어서 내 거울을 좀 보리라고 아내가 외출한 틈을 타서 나는 아내 방으로 가서 아내의 화장대 앞에 앉아 보았다. 상당하다. 수염과 머리가 참 산란하였다. 오늘은 이발을 좀 하리라 생각하고 겸사겸사 고 화장품 병들 마개를 뽑고 이것저것 맡아 보았다. 한동안 잊어버렸던 향기 가운데서는 몸이 배배 꼬일 것 같은 체취가 전해 나왔다. 나는 아내의 이름을 속으로만 한번 불러 보았다. '연심(蓮心)이' 하고…….

오래간만에 돋보기 장난도 하였다. 거울 장난도 하였다. 창에 든 볕이 여간 따뜻한 것이 아니었다. 생각하면 오월이 아니냐.

나는 커다랗게 기지개를 한번 켜보고 아내 베개를 내려 베고 벌떡 자빠져서는 이렇게도 편안하고도 즐거운 세월을 하느님께 흠씬 자랑하여 주고 싶었다. 나는 참 세상의 아무것과도 교섭을 가지지 않는다. 하느님도 아마 나를 칭찬할 수도 처벌할 수도 없는 것 같다.

그러나 다음 순간, 실로 세상에도 이상스러운 것이 눈에 띄었다. 그것은 최면약 아달린 갑이었다. 나는 그것을 아내의 화장대 밑에서 발견하고 그것이 흡사 아스피린처럼 생겼다고 느꼈다. 나는 그것을 열어 보았다. 똑 네 개가 비었다.

나는 오늘 아침에 네 개의 아스피린을 먹은 것을 기억하고 있었다. 나는 잤다. 어제도 그제도 그끄제도—나는 졸려서 견딜 수가 없었다. 나는 감기가 다 나았는데도 아내는 내게 아스피린을 주었다. 내가 잠이 든 동안에 이웃에 불이 난 일이 있다. 그때에도 나는 자느라고 몰랐다. 이렇게 나는 잤다. 나는 아스피린으로 알고 그럼 한 달 동안을 두고 아달린을 먹어 온 것이다. 이것은 좀 너무 심하다.

별안간 아뜩하더니 하마터면 나는 까무러칠 뻔하였다. 나는 그 아달린을 주머니에 넣고 집을 나섰다. 그리고 산을 찾아 올라갔다. 인간 세상의 아무것도 보기가 싫었던 것이다. 걸으면서 나는 아무쪼록 아내에 관계되는 일은 일체 생각하지 않도록 노력하였다. 길에서 까무러치기 쉬우니까다. 나는 어디라도 양지가 바른 자리를 하나 골라서 자리를 잡아 가지고 서서히 아내에 관하여서 연구할 작정이었다. 나는 길가의 돌창, 핀 구경도 못 한 진개나리꽃, 종달새, 돌멩이도 새끼를 까는 이야기, 이런 것만 생각하였다. 다행히 길가에서 나는 졸도하지 않았다.

거기는 벤치가 있었다. 나는 거기 정좌하고 그리고 그 아스피린과 아달린에 관하여 연구하였다. 그러나 머리가 도무지 혼란하여 생각이 체계를 이루지 않는다. 단 오 분이 못 가서 나는 그만 귀찮은 생각이 번쩍 들면서 심술이 났다. 나는 주머니에서 가지고 온 아달린을 꺼내 남은 여섯 개를 한꺼번에 질겅질겅 씹어 먹어 버렸다. 맛이 익살맞다. 그리고 나서 나는 그 벤치 위에 가로 기다랗게 누웠다. 무슨 생각으로 내가 그 따위 짓을 했나? 알 수가 없다. 그저 그러고 싶었다. 나는 게서 그냥 깊이 잠이 들었다. 잠결에도 바위 틈을 흐르는 물소리가 졸졸하고 귀에 언제까지나 어렴풋이 들려 왔다.

내가 잠을 깨었을 때는 날이 환—히 밝은 뒤다. 나는 거기서 일주야를 잔 것이다. 풍경이 그냥 노—랗게 보인다. 그 속에서도 나는 번개처럼 아스피린과 아달린이 생각났다.

아스피린, 아달린, 아스피린, 아달린, 맑스,[12] 말사스,[13] 마도로스, 아스피린, 아달린.

아내는 한 달 동안 아달린을 아스피린이라고 속이고 내게 먹였다. 그것은 아내 방에서 이 아달린 갑이 발견된 것으로 미루어 증거가 너무나 확실하다.

무슨 목적으로 아내는 나를 밤이나 낮이나 재웠어야 됐나?

나를 밤이나 낮이나 재워 놓고 그리고 아내는 내가 자는 동안에 무슨 짓을 했나?

나를 조금씩 조금씩 죽이려던 것일까?

그러나 또 생각하여 보면, 내가 한 달을 두고 먹어 온 것은 아스피린이었는지도 모른다. 아내는 무슨 근심되는 일이 있어서 밤이면 잠이 잘 오지 않아서 정작 아내가 아달린을 사용한 것이나 아닌지, 그렇다면 나는 참 미안하다. 나는 아내에게 이렇게 큰 의혹을 가졌다는 것이 참 안됐다.

나는 그래서 부리나케 거기서 내려왔다. 아랫도리

---

12) 맑스: 마르크스(Karl Marx). 공산주의운동의 창시자로 『자본론』의 저자.
13) 말사스: 맬서스(Malthus). 영국의 경제학자. 인구론을 경제학의 중심으로 보았다.

가 홰홰 내어저이면서 어찔어찔한 것을 나는 겨우 집을 향하여 걸었다. 여덟시 가까이였다.

나는 내 잘못된 생각을 죄다 일러바치고 아내에게 사죄하려는 것이다. 나는 너무 급해서 그만 또 말을 잊어버렸다.

그랬더니 이건 참 너무 큰일났다. 나는 내 눈으로는 절대로 보아서 안 될 것을 그만 딱 보아 버리고 만 것이다. 나는 얼떨결에 그만 냉큼 미닫이를 닫고 그리고 현기증이 나는 것을 진정시키느라고 잠깐 고개를 숙이고 눈을 감고 기둥을 짚고 섰자니까 일 초 여유도 없이 홱 미닫이가 다시 열리더니 매무새를 풀어헤친 아내가 불쑥 내밀면서 내 멱살을 잡는 것이다. 나는 그만 어지러워서 게서 그냥 나동그라졌다. 그랬더니 아내는 넘어진 내 위에 덮치면서 내 살을 함부로 물어뜯는 것이다. 아파 죽겠다. 나는 사실 반항할 의사도 힘도 없어서 그냥 넙죽 엎디어 있으면서 어떻게 되나 보고 있자니까 뒤이어 남자가 나오는 것 같더니 아내를 한아름에 덥석 안아 가지고 방으로 들어가는 것이다. 아내는 아무 말 없이

다소곳이 그렇게 안겨 들어가는 것이 내 눈에 여간 미운 것이 아니다. 밉다.

아내는 너 밤새워 가면서 도둑질하러 다니느냐, 계집질하러 다니느냐고 발악이다. 이것은 참 너무 억울하다. 나는 어안이 벙벙하여 도무지 입이 떨어지지를 않았다.

너는 그야말로 나를 살해하려던 것이 아니냐고 소리를 한번 꽥 질러 보고도 싶었으나 그런 긴가민가한 소리를 섣불리 입 밖에 내었다가는 무슨 화를 볼는지 알 수 있나. 차라리 억울하지만 잠자코 있는 것이 우선 상책인 듯싶이 생각이 들길래 나는 이것은 또 무슨 생각으로 그랬는지 모르지만 툭툭 털고 일어나서 내 바지 포켓 속에 남은 돈 몇 원 몇십 전을 가만히 꺼내서는 몰래 미닫이를 열고 살며시 문지방 밑에다 놓고 나서는 그냥 줄달음박질을 쳐서 나와 버렸다.

여러 번 자동차에 치일 뻔하면서 나는 그대로 경성역을 찾아갔다. 빈자리와 마주 앉아서 이 쓰디쓴 입맛을 거두기 위하여 무엇으로나 입가심을 하고

싶었다.

커피. 좋다. 그러나 경성역 홀에 한걸음을 들여놓았을 때 나는 내 주머니에는 돈이 한푼도 없는 것을, 그것을 깜빡 잊었던 것을 깨달았다. 또 아뜩하였다. 나는 어디선가 그저 맥없이 머뭇머뭇하면서 어쩔 줄을 모를 뿐이었다. 얼빠진 사람처럼 그저 이리 갔다 저리 갔다 하면서…….

나는 어디로 어디로 들입다 쏘다녔는지 하나도 모른다. 다만 몇 시간 후에 내가 미쓰꼬시[14] 옥상에 있는 것을 깨달았을 때는 거의 대낮이었다.

나는 거기 아무 데나 주저앉아서 내 자라 온 스물여섯 해를 회고하여 보았다. 몽롱한 기억 속에서는 이렇다는 아무 제목도 불그러져 나오지 않았다.

나는 또 나 자신에게 물어 보았다. 너는 인생에 무슨 욕심이 있느냐고. 그러나 있다고도 없다고도, 그런 대답은 하기가 싫었다. 나는 거의 나 자신의 존재를 인식하기조차도 어려웠다.

---

14) 미쓰꼬시: 식민지시대에 있었던 백화점 이름.

허리를 굽혀서 나는 그저 금붕어나 들여다보고 있었다. 금붕어는 참 잘들도 생겼다. 작은 놈은 작은 놈대로 큰 놈은 큰 놈대로 다 싱싱하니 보기 좋았다. 내리비치는 오월 햇살에 금붕어들은 그릇 바탕에 그림자를 내려뜨렸다. 지느러미는 하늘하늘 손수건을 흔드는 흉내를 낸다. 나는 이 지느러미 수효를 헤어 보기도 하면서 굽힌 허리를 좀처럼 펴지 않았다. 등허리가 따뜻하다.

나는 또 회탁의 거리를 내려다보았다. 거기서는 피곤한 생활이 똑 금붕어 지느러미처럼 흐늑흐늑 허비적거렸다. 눈에 보이지 않는 끈적끈적한 줄에 엉켜서 헤어나지들을 못한다. 나는 피로와 공복 때문에 무너져 들어가는 몸뚱이를 끌고 그 회탁의 거리 속으로 섞여 들어가지 않는 수도 없다 생각하였다.

나서서 나는 또 문득 생각하여 보았다. 이 발길이 지금 어디로 향하여 가는 것인가를…….

그때 내 눈앞에는 아내의 모가지가 벼락처럼 내려 떨어졌다. 아스피린과 아달린.

우리들은 서로 오해하고 있느니라. 설마 아내가

아스피린 대신에 아달린 정량을 나에게 먹여 왔을까? 나는 그것을 믿을 수가 없다. 아내가 대체 그럴 까닭이 없을 것이니 그러면 나는 날밤을 새면서 도적질을, 계집질을 하였나? 정말이지 아니다.

우리 부부는 숙명적으로 발이 맞지 않는 절름발이인 것이다. 내가 아내나 제 거동에 로직(논리)을 붙일 필요는 없다. 변해(辯解)할 필요도 없다. 사실은 사실대로 오해는 오해대로 그저 끝없이 발을 절뚝거리면서 세상을 걸어가면 되는 것이다. 그렇지 않을까?

그러나 나는 이 발길이 아내에게로 돌아가야 옳은가 이것만은 분간하기가 좀 어려웠다. 가야 하나? 그럼 어디로 가나?

이때 뚜― 하고 정오 사이렌이 울렸다. 사람들은 모두 네활개를 펴고 닭처럼 푸드덕거리는 것 같고 온갖 유리와 강철과 대리석과 지폐와 잉크가 부글부글 끓고 수선을 떨고 하는 것 같은 찰나, 그야말로 현란을 극한 정오다.

나는 불현듯이 겨드랑이가 가렵다. 아하 그것은

내 인공의 날개가 돋았던 자국이다. 오늘은 없는 이 날개, 머릿속에서는 희망과 야심의 말소된 페이지가 딕셔너리(사전) 넘어가듯 번뜩였다.

나는 걷던 걸음을 멈추고 그리고 어디 한번 이렇게 외쳐 보고 싶었다.

날개야 다시 돋아라.

날자. 날자. 날자. 한 번만 더 날자꾸나.

한 번만 더 날아 보자꾸나.

이상(李箱, 1910.08.20~1937.04.17)

일제강점기의 시인, 작가, 소설가, 수필가, 건축가

본명은 김해경(金海卿)

본관은 강릉 김씨(江陵 金氏)

서울 출생

1910년 서울에서 이발업에 종사하던 부 김연창(金演昌)과 모 박세창(朴世昌)의 장남으로 출생하였으며 이름은 김해경이다.

1912년 생부모를 떠나 아들이 없던 백부 김연필(金演弼)에게 입양되어 강원도 강릉에 살던 김연필의 집에서 장손으로 성장하였다.

1921년 경성 신명학교(新明學校) 졸업.

1926년 경성 동광학교(東光學校: 뒤에 보성고등보통학교에 병합) 졸업. 경성고등공업학교 건축과 입학.

1929년 경성고등공업학교 건축과 졸업.

1929년 총독부 내무국 건축과 기사로 근무.

1929년 12월 조선건축회지 『조선과 건축』 표지 도안 현상 모집에 1등과 3등으로 당선.

1930년 2월 첫 장편소설 『十二月 十二日』을 월간 『조선(朝鮮)』 2월호부터 12월호까지 연재.

1931년 처녀시 「이상한 가역반응」(7월호, 일문시), 「BOITEUX·BOITEUSE」, 「파편의 경치」, 「▽의 유희」, 「공복」, 「조감도」(8월호, 일본어 연작시), 「삼차각설계도(三次角設計圖)」(10월호) 등을 『조선과 건축』지에 발표.

1932년 소설 「지도의 암실」을 『조선』 3월호에 발표하면서 비구(比久)라는 익명을 사용했으며, 시 「건축무한육면각체」(연작시, 『조선과 건축』 7월호)를 발표하면서 '이상(李箱)'이라는 필명을 처음으로 사용했다.

1932년 소설 「휴업과 사정」을 『조선』 4월호에 발표.

1933년 3월 각혈로 총독부 건축기수직을 사임하고 백천(白川)온천으로 요양을 떠났다가 기생 금홍(본명 연심)을 만난 후 서울로 올라와 금홍과 함께 다방 '제비'를 운영하였다. 이때부터 그는 폐병에서 오는 절망을 이기기 위해 본격적으로 문학을

시작했다.

1933년 정지용의 주선으로 『가톨릭청년』 7월호에 시 「1933년 6월 1일」, 「꽃나무」, 「이런 시(詩)」 등을 잇따라 10월호에 시 「거울」 발표.

1934년 김기림·이태준·정지용 등이 중심이었던 구인회에 가입하면서 박태원과 친하게 지냈다. 박태원의 소설 「소설가 구보씨의 하루」에 삽화를 그려주기도 했다.

1934년 조선중앙일보에 7월부터 8월까지 연작시 「오감도」를 연재하지만 난해시라는 독자들의 항의로 30회로 예정되었던 분량을 15회로 중단하였다.

1934년 『월간매신(月刊每申)』에 「보통기념」, 「지팽이 역사(轢死)」를, 조선중앙일보에 국문시 「오감도(烏瞰圖)」 등의 시작품 다수 발표.

1935년 '제비'다방을 폐업하고 인사동에 '카페 쓰루(鶴)', 종로 1가에서 다방 '69', '무기(麥)', '맥' 등을 열지만 번번이 실패했으며 연인 금홍과도 결별한다.

1935년 「정식」, 「지비(紙碑)」, 「산촌 여정」을 발표.

1936년 구인회 동인지 『시와 소설』의 편집을 맡아 1집만 낸 뒤 그만두고 『중앙』에 소설 「지주회시(蜘蛛會豕)」, 『조광』에 소설

「날개」, 「동해(童骸)」 등을 발표하였으며, 「봉별기」가 『여성』에 발표되었다.

1936년 구본웅웅(具本雄)의 아버지가 경영하는 창문사에서 구인회 동인지 『시와 소설』을 편집하였고, 시 「지비(紙碑)」, 「가외가전」, 「위독」, 소설 「지주회시」, 「날개」, 「봉별기」, 「동해」 등을 발표했다.

1936년 6월 신흥사에서 변동림과 결혼

1936년 11월 일본 도쿄로 거처를 옮겨, 사후 발표작인 소설 「종생기」, 「슬픈 이야기」, 「환상기」, 「실락원」, 「실화」, 「동경」, 수필 「권태」 등을 썼다.

1937년 『조광』에 소설 「동해(童骸)」 발표.

1937년 일경에 의해 불령선인(不逞鮮人)으로 검거되어 도쿄 니시칸다경찰서에 유치(2월 12일~3월 16일)되었다가 건강 악화로 풀려나왔지만 지병인 폐병이 악화되어 도쿄 제국대학 부속병원에서 4월 17일 객사하였다(유해는 화장하여 경성으로 돌아왔으며, 같은 해(1937년)에 숨진 친구 김유정과 합동영결식을 하여 미아리 공동묘지에 안치되었으나 후에 유실되었다).

작품 목록

1. 단편소설

「날개」

「종생기(終生記)」(1937)

「단발(斷髮)」

「실화(失花)」(1936)

「환시기(幻視記)」

「동해(童骸)」(1936)

「봉별기(逢別記)」(1936)

「지주회시(蜘蛛會豕)」(1936)

「지도의 암실」

「황소와 도깨비」(1936)

「지팽이 역사」

「사신1-9」

2. 수필

「권태(倦怠)」(1937)

「산촌여정(山村餘情)」(1935)

3. 시

「異常ナ可逆反応(이상한 가역반응)」(『朝鮮と建築(조선과 건축)』, 1931년 7월호)

「破片ノ景色: △ハ俺ノAMOUREUSEデアル(파편의 경치: △은 나의 AMOUEUSE이다)」(『朝鮮と建築(조선과 건축)』, 1931년 7월호)

「▽ノ遊戯一: △ハ俺ノAMOUREUSEデアル(▽의 유희: △은 나의 AMOUREUSE이다)」(『朝鮮と建築(조선과 건축)』, 1931년 7월호)

「ひげ一: (鬚·鬚·ソノ外ひげデアリ得ルモノラ·皆ノコト)(수염-: (鬚·鬚·그 밖에 수염일 수 있는 것들·모두를 이름))」(『朝鮮と建築(조선과 건축)』, 1931년 7월호)

「BOITEUX·BOITEUSE」(『朝鮮と建築(조선과 건축)』, 1931년 7월호)

「空腹-(공복-)」(『朝鮮と建築(조선과 건축)』, 1931년 7월호)

「오감도」

「건축무한육면각체」

「꽃나무」(『가톨닉青年』, 1933년 7월호)

「이런 詩」(『가톨닉青年』, 1933년 7월호)

「一九三三, 六, 一」(『가톨닉青年』, 1933년 7월호)

「거울」(『가톨닉青年』, 1933년 10월호)

「소영위제(素榮爲題)」(1934)

「普通紀念」(『月刊每申』, 1934년 7월호)

『烏瞰圖』

「詩第一號」(『朝鮮中央日報』, 1934년 7월 24일)

「詩第二號」(『朝鮮中央日報』, 1934년 7월 25일)

「詩第三號」(『朝鮮中央日報』, 1934년 7월 25일)

「詩第四號」(『朝鮮中央日報』, 1934년 7월 28일)

「詩第五號」(『朝鮮中央日報』, 1934년 7월 28일)

「詩第六號」(『朝鮮中央日報』, 1934년 7월 31일)

「詩第七號」(『朝鮮中央日報』, 1934년 8월 2일)

「詩第八號 解剖」(『朝鮮中央日報』, 1934년 8월 3일)

「詩第九號 銃口」(『朝鮮中央日報』, 1934년 8월 3일)

「詩第十號 나비」(『朝鮮中央日報』, 1934년 8월 3일)

「詩第十一號」(『朝鮮中央日報』, 1934년 8월 4일)

「詩第十二號」(『朝鮮中央日報』, 1934년 8월 4일)

「詩第十三號」(『朝鮮中央日報』, 1934년 8월 7일)

「詩第十四號」(『朝鮮中央日報』, 1934년 8월 7일)

「詩第十五號」(『朝鮮中央日報』, 1934년 8월 8일)

「실화」

「정식(正式)」(1935)

「명경(明鏡)」(1936)

**이상의 문학적 활동을 기려 문학사상사에서 이상문학상을 1977년 이래 매년 시상 수상하고 있으며, 2008년에는 현대불교신문사와 계간 『시와 세계』가 이상시문학상을 제정해 매년 수상하고 있다.

**이상은 1930년대를 전후하여 세계를 풍미하던 자의식 문학시대에 우리나라를 대표하는 자의식문학의 선구자인 동시에 초현실주의적 시인이다. 감각의 착란(錯亂), 객관적 우연의 모색 등 비상식적인 세계는 이상 그의 시를 난해한 것으로 성격 짓는 요인이다. 근본적으로는 현실에 대한 비극적이고 지적인 반응에 기인한다. 이상의 지적 태도는 의식의 내면세계에 대한 새로운 해명을 가능하게 하였으며, 무의식의 메커니즘을 시세계에 도입하여 시상의 영토를 확장하게 하였다. 이상의 시는 전반적으로 억압된 의식과 욕구 좌절의 현실에서 새로운 대상(代償) 세계로 탈출하려 시도하는 초현실주의적 색채를 강하게 풍기고 있다.

**이상의 문학작품은 정신을 논리적 사고 과정에서 해방시키고자 함으로써 무력한 자아가 주요한 주제로 나타나게 된다. 시 「거울」이 나 소설 「날개」 등은 이러한 경향이 두드러지게 드러나는 대표적 작품이다. 또한, 시 「오감도」는 육체적 정력의 과잉, 말하자면 발산되어야 하면서도 발산되지 못한 채 억압된 리비도(libido)의 발작으로 인한 자의식 과잉을 보여주는 작품으로서, 대상을 정면으로 다루지 못하고 역설적으로 파악하는 시적 현실이 잘 드러나 있다. 바로 이와 같은 역설에서 비롯되는 언어적 유희는 그의 인식 태도를 반영하고 있는 동시에 독특한 방법이 되고 있다. 그리하여 억압받은 성년의 욕구가 나르시시즘(narcissism)의 원고향인 유년시대로 퇴행함으로써 욕구 충족을 위한 자기방어의 메커니즘을 마련하였고, 유희로서의 시작(詩作)은 그러한 욕구 충족의 한 표현이 되는 것이다. 그 만큼 이상은 인간 모순을 언어적 유희와 역설로 표현함으로써 시적 구제(詩的救濟)를 꾀한 시인이었다.

**이상은 시, 소설, 수필에 걸쳐 두루 작품활동을 한 식민지시대 대표적인 작가이다. 특히 시와 소설은 1930년대 모더니즘의 특성을 첨예하게 드러내고 있다. 시의 경우 그가 보여주는 것은 현대인의 황량한 내면풍경이며, 「오감도 시 제1호」처럼 반리얼리즘 기법을 통한 불안과 공포라는 주제로 요약된다. 또한 그의 소설은 전통적인 소설 양식의 해체를 통해 현대인의 삶의 조건을 보여주는데, 「날개」의 경우 그것은 의식의 흐름 기법을 통해 어떤 일상적 현실과도 관계를 맺을 수 없는, 파편화되고 물화된 현대인의 소외로 나타나고 있다.

**스물일곱 나이로 요절한 천재 작가 이상. "한국 현대시 최고의 실험적 모더니스트이자 한국 시사 최고의 아방가르드 시인"이라는 평가를 받는 이상은 어두운 식민지시대에 돌출한 모던보이다. 그의 등장 자체가 한국 현대문학사상 최고의 스캔들이다. 알쏭달쏭한 아라비아 숫자와 기하학 기호의 난무, 건축과 의학 전문용어의 남용, 주문(呪文)과도 같은 해독 불능의 구문으로 이루어진 시들. 자의식 과잉의 인물, 도저한 퇴폐적 소재 차용, 띄어쓰기 거부, 위트와 패러독스로 점철된 국한문 혼용 소설들. 그의 모더니즘 문학과 비일상적 기행(奇行)은 이 스캔들의 원소를 이룬다. 이상 문학은 그 자체로 20세기 한국 문학사에 내장된 최고의 형이상학적 스캔들이다.

**이상은 1931년 7월에서 9월에 걸쳐 『조선과 건축』에 「이상한 가역반응(可逆反應)」 외 5편과 일어로 된 「오감도」 8편, 그리고 「삼차각설계도」 등을 통해 우리 문학사상 최초로 이성과 의지를 무시한 자동기술법, 숫자와 기하학 기호의 삽입, 난해한 한자와 일어의 사용, 띄어쓰기의 무시 등을 감행한 시들을 선보여 기성 문인들에게 당혹감을 안겨준 바 있다.

**이상은 '12, 12'라는 말을 종종 했다. 이는 발음으로는 '십이, 십이'가 되지만 억양을 강하게 발음하면 성기의 다른 뜻이 된다. 구본웅의 당조카이자 구본준의 아들 구광모는 후일 자신의 아버지로부터 이상이 조선총독부를 향해 '12, 12'라 욕한 것을 후일 접하게 된다. 「十二月 十二日」는 월간 『조선(朝鮮)』 2월호부터 12월호까지 연재되었는데, 조선총독부에서 직접 발간하는 종합전문 월간지에 큰 글씨로 '12, 12'라는 제목의 소설을 연재시켰다. 이상은 후일 자신의 친구들 몇 명에게만 십이 십이의 본의미를 살짝 알려주었다. 소설 속에서 12월 12일은 주인공이 돈을 벌기 위해 일본으로 떠나는 날인 동시에 얼마간의 돈을 가지고 조선으로 돌아오는 날이며, 주인공이 죽을 날이기도 한 동시에 참으로 살아야 할 날이라고 깨닫는 날이기도 했다. 구광모는 "12, 12로 상징되는 욕설과 함께 '펜은 나의 최후의 칼이다'라고 절규하는 그의 소설 속의 외침이 천둥소리처럼 나의 가슴을 두드리고 있었다"고 평하였다. 한글과 그 발음을 전혀 모르던 조선총독부와 일본인 관리들은 12, 12

를 단순히 숫자로만 이해했고 한글 발음으로 했을 때 욕설이 된다는 점을 눈치 채지 못했다.

또한 이상은 숫자를 이용해서 조선총독부 학무국의 관료들을 골탕 먹였다. 시 「烏瞰圖(오감도)」에 나오는 "13人의 兒孩(아해)가…"가 그렇고, 이상이 '제비'다방 다음으로 개업하려고 간판을 붙였다가 그 의미가 탄로나 허가 취소된 '69'다방 등도 그렇다. 그 외에도 남녀의 성교를 상징하는 33과 23(二十三, 다리 둘과 다리 셋의 합침) 및 且8(한글로 차팔 또는 조팔이라 읽음. 발기한 남성 성기 또는 18과 대칭을 나타냄) 등의 표현으로 조선총독부를 골탕 먹였다.

**김해경이 이상이라는 필명을 쓰기 시작한 데에 대해서는 몇 가지 설이 있다.

본명 김해경(金海卿), 필명 이상(李箱)
우리에게는 널리 알려진 천재 작가 이상

그는 1932년 소설 「지도의 암실」(『조선』 3월호)에서 '비구(比久)'라는 익명을 사용했으며, 시 「건축무한육면각체」(역작시, 『조선과 건축』 7월호)를 통해 '이상(李箱)'이라는 필명을 처음으로 사용했다.

누이동생인 김옥희는 "김해경이라는 오빠의 이름이 이상으로 바뀐 것은 1932년부터예요. 건축 공사장 노동자들이 '이상'이라고 잘못 호칭한 데서 비롯된 것"이라고 말한다. 이상이라는 이름은 총독부 건축기사 시절 공사장 노동자들이 일본식 발음으로 '긴상(金樣)'이라고 해야 할 것을 '이상(李箱)'이라 잘못 부른 데서 시작됐다는 것이다.

또한 시인 김기림에 의하면 "조선총독부에서 건축기사로 근무 시 현장의 일본인들이 그를 이씨란 의미로 '李さん(이상)'이라고 부르던 것에서 유래되었다"고 한다.

그러나 1929년 이상 김해경이 디자인한 경성고등공업학교 졸업앨범을 보면 이상이라는 자필 서명이 나온다. 이상이라는 이름은 경성고등공업학교 시절 건축 공사장에 실습하러 갔을 때 노동자가 김해경을 '이씨'로 알고 잘못 부른 데서 비롯된 듯하다.

또한 이 필명은 화가 구본웅에게 선물로 받은 화구상자(畵具箱子)에서 연유했다는 증언이 있다. 이상(李箱)이 '오얏나무 상자'라는 뜻으로 풀이되는 것도 그 때문이다.

큰글한국문학선집: 이상 단편선

날개

1판 1쇄 인쇄_2015년 09월 20일
1판 1쇄 발행_2015년 09월 30일

지은이_이상
엮은이_글로벌콘텐츠 편집부
펴낸이_홍정표

펴낸곳_글로벌콘텐츠
등 록_제25100-2008-24호

공급처_(주)글로벌콘텐츠출판그룹
기획·마케팅_노경민 **편집**_김현열 송은주 **디자인**_김미미 **경영지원**_안선영
주소_서울특별시 강동구 천중로 196 정일빌딩 401호
전화_02-488-3280 **팩스**_02-488-3281
홈페이지_www.gcbook.co.kr

값 28,000원
ISBN 979-11-5852-051-9 03810